K.B075045

더께

김이녘 시집

의도하지 않은 정황들은 겹쳐서 설계된 일로 남는다.

어제 소멸된 일들은 문장을 통해 지금의 일이 된다.

지금의 일이 되기 위해 문장들은,

벽이 기울어지고 틈이 생길 때면 구토를 한다.

발생한 일들은 빈 틈을 통해 분철되고 새로운 어구,

새로운 정황으로 탄생한다.

그 의미는 고독하며 한 사람에게 읽힌 얼룩은

차곡차곡 쌓인다.

본래의 정황에서 멀어지고

사유는 다르게 읽히며 덧씌워진다.

쉰내와 미생물의 퀴퀴한 향이 덧대어져

감각은 더이상 일반적이지 않게 된다.

이 추하고, 기괴하고, 잘못 읽힌 것들은

강한 향을 풍긴다.

고독한 상상력으로 쌓인 것들이 벗겨지는 것은

구경거리가 된다.

2023년

김이녕

차 례

● 시인의 말

제1부

제1부

검은 섬

어제와 같은 자리에 앉아 늘 먹던 음식을 고르고 있었다.

너는 따로 떨어져 골목 안에 올라서다 만 터키석 빛깔의 돌출간판을 구경하였다.

옥토퍼스, 떨어지고 있었다.

초서체로 흘려놓은 연체동물이 골목으로 번졌다.

너는 무엇의 가시 없는 짐승일까.

같은 낱말을 함께 쓰던 얼굴들이 그리워졌다.

달리는 바람을 타고 외투막이 펄럭였다.

공기는 생물처럼 흘렀다. 식탁 앞에서 한참 전에 떨어져 나온 너는 잠시 멈추어 섰다.

골목은 젖을수록 익숙해졌다.

다시 한 가지 낱말들로 주머니가 채워졌다.

길 밖에서 그넷줄에 앉은 그림자들이 버스를 기다리고 있었다.

옥수수 술과 찰떡과 흰 밥을 나눠 먹고 있었다.

그들은 펄럭이는 비닐 옷자락 속에서 한 덩어리를 꺼내 권한다.

손이 모자라는 너는 여러 빨판 중의 하나를 뜯어 받아 들었다.

그넷줄이 높이 오를 때

줄에 엮인 한 몸처럼 그림자들이 탄 버스가 바다로 스몄다.

너는 그 자리에 남아서 흔들리는 그넷줄이 멈추길 기다린다.

손안에 덩어리가 흡착되었다.

여전히 허리춤에는 주머니가 문어 대가리처럼 덜렁거렸다.

가슴 근처에 빨판처럼 들러붙어 주머니는 쉽게 떨어지지 않는다.

타인들이 섬에 버리고 간 빈 주머니들이 바람에 젖어 펄럭이고 한 곳으로 흘러갔다. 폐기될 수 있는 것들이라니.

비우지 못한 것들을 매단 채 너는 같은 테이블 앞에 앉아 있게 될 것이다.

비에 흘러내리는 초서체를 읽지 못하여 기어가다 죽어버린 것들을 옮겨 적었다.

옥토퍼스, 연체동물, mollusca, 文語, an octopus trap, 그리고 섶돌.

섬새가 뜨기 전 분리수거할 수 없는 주머니를 뜯어 일반

쓰레기통에 던져 넣었다.

　빨판 자국이 검게 남았다.

　전사지의 다른 쪽 날개처럼 몸이 펄럭였다.

　바람이 따라붙으며 섬어하다

　너는 같은 의자에 앉아 아직 메뉴판을 들여다보고 있을
것이다.

* 纖語

트렁크를 세워 둔 유리 해변

1.

해변을 구르는 비치볼이 바람 빨아들이는 소리가 팡.

2.

유리 해변에 눈이 내리고 배를 타고 돌아가는 동안, 트렁크 안에는 빠진 머리털이 엉긴 스웨터, 축축한 바람이 부는 동안 빗속에 젖은 동물의 털 냄새가 피었다 콧속으로 온기가 풍겨 들다

마스크를 끌어 내린다. 입 안에 둔 헛바닥이 굳었다. 포장지에 쌓인 문장들을 갑판 위에서 뿌린다. 바다 위에서 마른 얼음들이 비처럼 퍼진다. 소리는 어딘가로 빨려 들어갔다. 아직 뜯지 않은 일상어들은 더 깊숙이 쑤셔 들어간다. 외투를 입은 사이렌이 비늘을 쥐어뜯는 소리를 듣는다.

3.

돌아누웠다. 침낭 밖으로 참외 한 알이 구른다.

제 얼굴과 닮은 열매를 우적 씹는.

앉은뱅이 거울 안으로 씨를 긁어내는 검지손가락,

참외 알을 하나 더 낳았다.

매끈하게 샛노란 열매가 터지며 허여멀겋게 싹들이 솟았다.

생리대를 갈아 끼우고 나오며 바닥으로 엉긴 싹 줄기를 흘렸다. 흐물거리며 기는 참외 줄기를 그러모았다. 뿌리가 다치지 않게, 아니 뿌리가 없는. 침낭을 들춘다. 팔다리로 몸통을 둘러 묶는다. 당신을 위한 통행증은 생산되지 않아, 오직 FREE 하신 분들만이 선택하실 수 있으십니다, 라는 답변이 되돌아온다. 지린내와 뜬내를 풍기는 침낭 속에서 참외 몇 알을 낳은 후 울타리를 뛰어 넘으시오 라고 씌어진 안내 사항을 읽는다. 괴와 회쥐와 박쥐와 접어 펴는 탁자와 스웨터를 트렁크에 넣고 다시 읽는다. 검은 국수는 먹지 않기로 해요, FREE 사이즈의 물리적 시간을 알지 못한다, '갈 수' 다음의 어구는 적지 않는다.

4.

이빨 자국이 또렷한 참외 알이 침낭 밖으로 굴렀다.

흐트러진 발목이 곧 부러질 연필처럼 가늘고 위험하다

장마

바닷가처럼 바람이 분다

구운 달걀은 책상 위에, 먹지 않기로 한다.

유효기간이 지워진 포장지 안에 냄새가 차 있다, 검은 곰 팡이.

어린 고양이가 드나든다, 책상 아래 볼일을 본다.

머릿속에서 쥐가 난다. 달리고 부르르 떨고 제 꼬리를 물 려고 돈다.

꼬리 끝에는 무늬처럼 글자들이 박혀 있다.

읽으며 제 꼬랑지를 뜯어 먹고는 쉽게 고단해진다

아무 곳이나 드러누워 자고 일어나 풍랑처럼 휘청이는 큰 나무를 구경하였다.

그리곤 꼬리 없음이 생각났다. 까무룩해진다.

파먹은 글자들이 목구멍에서 꾸물꾸물, 뒤부터 기어 나 왔다. 섬어들.

받은 품값은 대견한 것이어서 핏자국을 끌고 다니는 궁 둥이는 생각지 못하였다.

목구멍으로 나오다 만 꼬랑지를 쓰다듬었다.

잘 자라도록 솜털을 빗질하였다.

앙상하여 주름이 더욱 돋보이는 터럭들이 간질거린다.

겨울잠은 눅눅한 여름 한낮이어도 좋을 것이다.

숲으로 폭풍이 내려앉는다.

* 諺語

케이블카

　포개진 사이로 산들이 당신을 만들어 내고 있어요
　어색한가요, 스치는 팔꿈치를 피해서 우산을 휙 젖혀보
았네요,
　흐르는 당신을 훑어내려는 듯이.

　산속에서 핥는 아이스크림은 오래된 우유 맛이 나요.
　아무도 오면 안 되는 시간에 검은 구름밭을 뚫고 올라왔
기 때문일까요.
　동전을 밀어 넣은 망원렌즈로 목장이 있다는 등성이를
보았어요.
　양과 산양과 당나귀가 엉겨 있다는 풀밭에서 뜨문뜨문
바윗덩어리를 보았네요.

　추락위험을 무릅쓰고 난간 바깥에 발가락을 걸쳐보았
어요.
　공중 해먹은 튼튼한 건지 모르겠어요.
　홀로 내려가는 케이블카를 지켜보아요.
　바닷소리를 들려주지 않는 숲에는 걸쳐 놓은 발바닥 한

켤레가 있어요.

　구름밭을 비켜 걸어요, 속옷이 젖어서 꿉꿉해요.

　들어찬 입김을 털어내요.

　혼자 있는 산장이지만 털어낸 입마개를 다시 걸쳐요.

　목장에서 우유가 왔는데,

　당신은 아직 난간에 발톱을 걸쳐두고 있어요.

　산양 무리가 강철 와이어를 타고 건너와요

　이마 아래로 툭툭, 난간을 타고 흘러내리는 비린 젖내.

　젖은 음식물쓰레기 더미에 구더기가 한가득이네요

　케이블카를 타고 왔을 뿐인데요.

　오늘 당신은 불안해 보이네요.

　자, 이제 숨겨둔 고백을 할 때가 되었어요.

　난간에 걸쳐두었던 발가락들에서 물감이 뚝뚝 떨어지기

전에요.

관람객

풀을 씹으며 벌거벗은 얼룩말을 관람하였다.

사자는 혼자다.

찌그러진 상자 안에서 전구가 점멸하였다.

영사렌즈를 지나는 밝음은 어둑하다.

〈기차를 따라 달리는 신사와 숙녀〉를 구경하였다.

멀거니 서 있던 하이에나가 빤히 바라본다.

알고 있다. 사자는 앞섶에 떨어지는 푸른 침 자국을 문질러 닦았다.

씹던 풀잎은 종이에 뱉어 주머니에 넣었다.

얼룩말은 가슴을 드러낸 채 달리는 사람들 사이에 섞여 들었다.

환각은 아무 때나 이를 드러낸다.

하이에나가 다음 전시실에 따라 들어선다. 이를 드러낸다, 웃는 건가.

흐르다 만 침 자국을 한 번 더 닦으며 어둠 속에서 비켜섰다.

습습함이 더 넓게 번진다.

숙녀의 옷차림을 한 어린 염소들이 꼬리털에 매달렸다.

얼룩말과 신사와 숙녀와 기차가 한 덩어리로 뒤엉키는 모습을 뒤로한다.

머리털을 잘라 만들었다는 스웨터를 오래 감상하기로 한다.

유리관 안의 머리털이 좀 더 자란 것 같기도 하다.

멸종된 순수 앞에서 침을 흘린다.

어린 염소들처럼 윗니를 드러내며 웃어본다.

사라져가는 종을 애도할 줄 아는 짐승이 되어보기로 한다.

머릿수가 모자라는 어린 새끼들을 챙기며 하이에나가 뒷걸음친다.

앞섶에 떨어지는 침 자국은 푸르지 않다.

사자 곁으로 공연을 마친 얼룩말이 지나간다.

갈기를 면도한 비누 향을 따라 고개를 돌린다.

반대편으로 지난다. 웃는 건가.

숙녀처럼 톡톡톡 걸어본다. 쉽게 굶은 창자가 아프다.

옥상에서 하늘을 보던 날 떨어지는 서술어들

화로에 올라가다 무릎이 떨어지다 양철통을 두드리다 전기기타를 내리치다 소란을 외면하다 골목을 지나던 차들을 관조하다 屋塔의 화로가 무너져 屋欄이 불타도록 내버려두다 젖은 재를 빗어 내리다 화로가 비스러지다 다시 재로 빚어놓다 화로 미장질이 볕에 마르다 무너진 화로 돌을 굴리다 빈 가슴을 쓰다듬다 스티로폼 화분에 웃자란 상춧잎을 먹다 달팽이를 뱉다 한쪽 무릎을 포개며 발목을 돌리다 골목 아래로 머리통이 달리다 옥탑 난간의 슬리퍼가 날아가다 몸통이 기어가다 떨어진 슬리퍼를 버리다 엉거주춤 올려다본 몸통이 슬리퍼를 줍다 위를 향해 다시 버리다 재빠르게 웅크리다 보았으나 빗나갔으므로 홀가분하다 떨군 곳의 위치를 알고 얼굴을 보았으므로 으스스하다 불 솟구친 화로를 적시느라 으슬거리다 이가 파랗게 으실거리다 蝸牛의 뿔 끝에 달린 눈알이 오싹하다 겨드랑이가 차갑게 젖어 떨다 시린 배를 달래기 위해 옥상 바닥에 엎드리다 잿가루가 얼굴에 붙어 털어내다 볕에 달궈진 슬래브 바닥의 우레탄 향을 마시다 뜨듯한 기운에 잠들며 와우를 씹다 거대하고 질척거리고 끈적이는 눈자루를 삼키다 속 빈 달팽이 집들을 토하다 눈알이 찡그리다 달팽이 껍데기를 뒤집어 쓴 황소가 껄껄거리다 비위를 맞추기 위해 안색을 살핀다 히힛거리다 표정이 없으므로 불타고 남은 잿더미를 부스럭대다 찾으려 했으나 몽둥이 할 만한 것은 없고 생존은 거부당하다 매어 기르는 짐승이 되다 목덜미에 눈자루를 메다 옥상과 옥탑과 지붕을 건너뛰며 깁다 가랑이가 찢기는 소리를 꿰매다 피와 땀을 털어내다 뒤채는 동안 헐벗어 춥다 메고 찢기고 뛰느라 열나다 슬리퍼가 옥상 위로 들다 다시 집어던지다 아래로부터 위로 던지다 골목에서 맴도는 머리통을 끌어올리다 황소의 눈자루를 잡아채다 달팽이 껍데기 안으로 집어넣다 점액에 적시다 몸을 꺼내 말리다 마른 점액들이 오색으로 바삭하다 껍데기를 두드리다 황소와 와우와 벗은 자가 살아 있다 눈자루를 꿈틀거리다 가랑이가 민망하다 골목으로부터 올라온 머리통의 정수리가 으쓱하다 같은 밤들이 권태롭다 와우가 황소가 아닌 것이 무의미하다 교집합을 그리는 벤다이어그램이 지루하다 화로가 타버려서 허기지다 타고 남은 屋塔의 屋榻을 마저 부스러뜨리다 밥을 짓는 동안 슬리퍼를 낙하시키다 정수리 위에

서 회전하다 접촉은 부드럽다 소리는 꽉꽉하다 올라오는
질문은 한껏 말랑하다 내려가는 답은 단단하다 골목의 질
문자는 여전히 머리통 아래가 구부정하다 답을 할 생각은
없었으나 옥탑의 난간으로 올려다보지 않는 질문자를 위해
허리를 꺾다 소리가 꺾이다 상황은 쓰고 버린 것이 되었다
답변서를 다 쓰기 전에 버려지다 보호복을 착용하다 와우
가 껍데기 밖으로 눈자루를 흔들다 타고 남은 평상을 톱과
망치와 못으로 다시 조립하다 옥탑에 옥탑屋榻을 펴다 저녁
상을 펼치다 화로에 붙였던 재들을 긁어모은 자루를 스티
로폼 화분에 흩뿌린 뒤 허기를 접다 눈자루를 젖히다 하늘
이 지는 쪽을 올려다보다 그쪽의 옥탑에서 눈알이 볼륨을
조절하는 기타리스트를 내려다보다

屋塔 건물 꼭대기에 설치된 공간
屋榻 건물 꼭대기에 설치된 평상

새였다

고개를 외튼 감시자. 누워서 변을 본 아침이면 네발로 기었다. 기다가 물결의 헐떡거림이 멈출 때까지 엎드려 있어라. 등판 위에 물똥을 지리겠다며 으름장을 놓았다. 소리의 채도가 높아진다. 들리지 않는 수군거림을 흘렸다. 그들만의 네트워크. 높이 매단 창마다 상처를 녹화하는 새들의 망원렌즈. 일정하지 않은 흐름으로 초점을 당기는 관찰자. 두근거림은 사선의 소실점 끝까지 오른다. 그리고 떨어져 부서지는 눈. 펼친 날개 죽지는 접혀지지 않아. 새가 떠나지 않았어도 일어나 허리를 세워야 한다. 뒤틀림은 누가 설정해 두었는지 알면 안 된다. 토스터의 빵 오르는 소리. 비틀거릴 때도 새의 영역 속에 있다. 고깃덩어리가 썩어가고 있다. 타피오카 같은 눈구멍. 거품이 턱을 타고 흐른다. 칫솔머리가 입안을 거칠게 박아대고 늘어지는 피 한 줄기. 아직 바르게 서지 못하는 허리가 푹 꺾어진다. 새들은 환풍기 구멍으로도 감시자의 렌즈를 심어두었다. 오늘 물고 온 날개의 말들이 감시해 주고 있다. 두통은 자신을 넓적부리황새라 소개하지 않는다.

몇 시일까요

시계는 다른 방에 있어요

바늘 가는 소리는 들려요

볼 시린 얼굴로 입김을 불어요

눈이 부어 있을 뿐이에요

하늘은 여러 겹, 화성을 알아보기는 했어요

해놓은 음식은 먹지 않아요 당근 볶음에 반만 익은 달걀찜은 너무해요

자몽 티는 깊은 단맛이 없어요 사과는 깎여 있지 않아요

당신이 있을 땐 악어처럼 흐느껴요

배고픈 자정에는 비린 털가죽을 비벼 보아요

손바닥에는 오직이라는 문장이 있어요

폐기할 봉투가 두 개, 더 채울 봉투가 여러 장 있어요

남아 있는 음식은 게워 내요

욕실 배관에서 증기가 올라와요,

사고사의 미숙한 징조일까요

그것은 블루베리 향을 풍기며 터지는 버블이에요

다 만들어지지 않은 육체가 계단을 돌아다녀요

마주치지 않기 위해 오전 여섯 시 전에 나가야 해요

만들다 부서진 육체도 돌아다녀요

마주치지 않기 위해 반드시 오전 여섯 시를 넘겨야 해요

텀블러 안은 귀가 직전의 아이스아메리카노 상태를 유지하고 있어요

손등에는 오직 너라는 낙서가 있어요

물방울무늬 셔츠는 모두 열 한 장, 향이 다른 종류의 섬유 유연제와

목요일의 식사와 월요일쯤에 게워 낸 침과 금요일 무렵의 땀, 뜬내가 나요

세탁기가 텅텅! 외투는 한 장, 힘 빠진 몰골로 통 안에서 반성할 의지를 잃고 있어요

난간에 붙어 있던 얼음이 미끄러져요, 언제부터였을까요

되돌아보기가 잘 안될 때는 빠르게 미끄러져요

시계가 있는 방에서는 아무도 자지 않아요

나는 오늘도 씁니까

차량을 옮겨주세요. 집진기는 과열되어 폭발할 수 있습니다.

졸업하면 급여를 받을 수 있습니다. 종이는 먹지 않습니다.

경력자가 아니므로 마른 잎은 혼자 먹기로 합니다.

나는 뱉습니까.

내장에 구멍이 났습니다.

입으로 누런 변을 쏟은 이후로는 종이를 숭배하지 않습니다.

역한 화학물질은 형용사로 표현되지 않습니다.

전선이 높게 날지 못하는 건 충전소를 아직 찾지 못했기 때문입니다.

옮긴 차량의 번호판은 새로 붙이지 않아도 됩니다.

전선 위의 까치는 고양이의 두 눈을 노립니다.

뺨 위로 피가 흐릅니다.

나는 눈이 없게 되었습니까.

서정적으로 위로받기 위해 꽃을 꺾습니다.

전철 안의 꽃다발은 싫습니다.

노래하려는 꽃들을 위해 울어보려고 합니다.

몸 안은 내장이 녹아 매우 독립적입니다.

염소처럼 무방비하게 달립니다.

종이는 역시 먹지 않기로 합니다.

나는 읽지 않을 책들을 운반하는 길고 긴 노끈입니까.

도넛은 혼자 먹지 않기로 했습니다.

다 함께 꽃을 추모하기로 합니다.

닮은 말들로 번역된 사적인 방언들을 잃었습니다.

나는 오늘도 씁니까.

꽃을 해부하고 난 뒤의 전철은 지나치게 눈부십니다.

얼굴을 마음껏 가린 용의자들이 가슴에서 구부러진 뿔들을 꺼냅니다.

범죄의 징후가 분명한 고압전선은 들러붙은 새 한 마리를 불태우고 있습니다.

오늘, 피가 많이 흘러 약속은 취소합니다.

복면을 한 꽃들이 버스 창에 붙어 있습니다.

매달린 이파리들을 훑어내는 비가 따라붙습니다.

폭발은 일어나지 않았고 충전소는 아직 찾지 못하였습니다.

찾지 못하도록 하는 일은 쉬운 일인가 봅니다.

창자가 덜렁거리는 젖은 꽃들은 - 한쪽 눈이 쪼인 오늘, 나와 뿔 없는 염소와 불탄 새들을 위해 - 달리는 길섶 어디쯤에 휘둘러두고 옵니다.

충전소를 찾지 못하여 전류가 새어 흐르는 외출들은 적어두지 않기로 합니다.

우리, 연애하는 중인가요

거미가 날고 있다
접을 날개가 없어 오래 버둥거린다
벽과 지붕들이 으르렁댄다.
거미들이 짖는다.
머리털에 엉긴 맑고 강한 줄들을 털어내었다.
자꾸 옆으로 넘어지고 있다. 좀 더 너그러워진다.
엉긴 거미줄들을 비벼 터는 동안 작고 말랑이는 알들이
더욱 피어났다.
구름이 낮게 떨어진다.
닫아 둔 문을 열었다, 바람이 지날 수 있도록.
어린 거미들의 걷는다리들이 날아든다.
머리털 속에서 더듬이 다리가 덜렁거린다.
나는 방적돌기 안에서 실을 줄줄 뽑아낸다.
고정점도 없이 바퀴통 먼저 그려 넣었다.
쉬었다 부는 바람에 방사실들이 펄럭인다.
탁자 아래로 미끄러진다.
몇몇의 바퀴통에서부터 말의 줄들이 퍼져나갈 것이다.
너를 뒤따라 나가다 찾지 못하고 되돌아온다.

그가 손바닥을 허벅지 위에 올려두었다.

지지실을 묶어 두고 싶었던 너는 없고

탁자 밑으로 미끄러지는 손바닥 안으로 젓가락을 깊게 찔러 넣는다.

구름은 더 깊게 파고들 것이다. 젖은 폐가 무거워지는 저녁이다.

변기 위에 엎드려 오래 토한다. 실들이 길게 뽑아져 나온다.

낮게 내리는 구름을 밀어 올린다.

잡히는 건 축축하게 끈적이는 손바닥.

보다 더 더러워지도록, 폭우에도 씻기지 않도록 손가락들을 엮는다

으깨지는 것들이 떠오른다.

탁자 아래 먹고 짖으며 제자리 돌기 하는.

신분증을 내주세요. 엮인 손가락들이 서로의 주머니들을 더듬을 것이다.

가슴과 머리통을 붙인 채 제자리 뛰기를 한다.

열이 올랐다. 거미알들이 손바닥 안으로 파고든다, 추워요.

증명하기 어려운 일들은 자꾸 쌓인다.

구름은 더 많이 접히고 있었다.

탁자 안은 아직 비리다. 살 속으로 어린 거미들이 파고
든다.

너를 구분하지 못하는 일들이 많아질 것이다.

구름들이 부스러진다. 문밖의 바람에도 나갈 수 없는 것
들이 쌓이고 있다.

실내의 것들은 삭아진다. 구름 부스러기들이 끈적인다.

목장의 우산

목장으로 향하는 동안 두 번 길을 잘못 들었다.

표지판들을 알아채지 못하고 돌무더기 사이로 스쳤다.

비가 옆으로 들이쳤다.

기울어진 도로를 길게 타고 올라갔다.

흰 차를 마시며 목초지를 두리번거렸다.

길게 자란 풀대 사이에 말들이 우두커니 서 있었다.

긴 장화를 입은 말 주인이 능선 위에 나타나 등을 쓸어내렸다.

마시던 흰 차를 한 모금 들여다본다.

비가 들끓는다.

흠씬 젖는 말잔등을 보며 울다.

먼 곳까지 왔는데 마유가 아니라서, 라고 너는 투덜댄다.

보이는 것들이 젖어갔다, 발버둥 치는 풀섶.

김 오르는 젖은 말 등에 쏟아붓듯이 악을 쓴다.

그만. 투닥거리며 더욱 젖어가는 다툼.

목장의 진흙탕 속에서 차들이 다 빠져나가고, 실컷 헤맨 발꿈치는 찔꺽하다.

등짝으로 헤치며 풀대를 가로지른다.

말들은 더 멀리 달려 나갔다, 푹신하게 퍼지는 말들의
숨 내.

　접은 우산살이 뒤집어지도록 마구 휘둘리며 몇 번 더 훌
쩍인다.

　무거운 것들이 벗겨지는 소리를 들었다.

　돌아가는 배는 뜨지 않을 거란다,

　멀리 달려 온 거리만큼 휘청거렸다.

희게 날리는 것을 말하다. 파

거꾸로 헤엄쳐. 응, 그러네. 뒤집어졌어. 곧 죽을 거야. 죽어? 물소리가 커지며 들리던 소리들을 지웠다. 한 바퀴 돌았지만 다시 거꾸로 뜬다. 붉고 흰 등지느러미는 수족관 바닥을 쓸었다. 붉은 살점을 보이며 아가미를 뻘쭉였다. 웃고 있었다.

테이블 위에 잠기지 않은 몸통을 들어 올렸다. 흐르는 전등을 끼었으며 남은 숨을 흥정하였다. 마침 블루베리가 익어 갈 무렵이었다. 등가시를 따라 매달린 꼬리지느러미는 몸이 발린 줄 모르고 힘을 썼다.

죽은 것을 짊어졌다. 등이며 옆구리로 붉은 짠물이 길게 흘러내렸다. 수족관 사잇길을 따라 칼이 빠르게 움직였다. 사람들은 뒤섞여 접시에 뼈 발린 살을 담기 위해 예를 갖추어 줄을 섰다. 팔꿈치 안으로 들어오는 사람들을 피하느라 몸에 숨겨 둔 아가미에서 거품이 일었다. 블루베리가 터졌다.

누군가 옆구리를 찌르며 묻는다. 그래서 얼마? 뒷말이 소란에 파묻혔다. 대가리를 방금 잘랐으니 비싸겠죠. 도려낸 눈과 마주쳤다. 주둥이를 뻐끔대는 눈들을 얼마에 먹을 수 있을까를 생각하였다. 손가락이 들어가 쓸개며 창자며 간이며 생식기며 아가미며 눈알들을 한 줄에 뽑아내었다. 재빠르게 긁어낸 비늘들이 우수수 얼굴 위로 떨어졌다. **흰 것들이 쏟아져 내렸다.**

　줄을 따라 길을 읽다가 다시 처음 자리로 돌아왔다 접시 위에 오르기 전의 지느러미가 그대로 뒤집어져 있었다. 응, 그러네. 곧 죽어? 블루베리즙이 흐르고 있었다. 질척이는 숨에 전등을 끼었었다. 수은처럼 흐르는 물길을 피하며 몸을 한 번 뒤채었다.

희게 날리는 것을 말하다. 하

등지느러미가 번들거린다. 끼얹다, 물을 긁어 덮는 손이
빠르게 옆구리를 가른다. 한쪽을 도려내었으니 좀 헐하겠
죠? 죽을 것과 죽은 줄 모르는 것이 **흰 소리에 파묻혔다.** 수
족관 위로 번들거리게 웃었다. 순례하던 사람들이 물을 베
고 누워 입을 벌렸다. 수족관에는 물이 가득 차 흐르는 소
리가 잦아들었다. 흰 비늘들이 차고 축축하게 귓바퀴를 적
셨다. 누군가 지느러미처럼 손발을 펄럭였다. 입김이 퍼졌
다. 아이들은 똑바로 걷지 못하고 쓰러졌다. 어른들도 옆으
로 누웠다. 다들 **희게 쌓인 것들을 베고 누워** 겨드랑이에서
자라는 지느러미들을 펄럭였다. 비린내가 풍긴다. 수족관
이 실려 나간 주차장은 공허해졌다.

홍정하고 난 뒤의 빈 접시를 겨드랑이 밑에 꽂고 걸었다.
차가운 것들이 이마에 들러붙었다. 이미 살 속에 파묻힌 비
늘을 증명하지 않아도 되었다. 말없이 아가미를 털어내었
다. 열망하던 사람들은 수족관이 비워질 때 함께 사라졌다.
얼어 있는 뻘 앞에 섰다. **흰 것들이 더욱 분명하게 흩날렸
다.** 새 몇 마리가 찬 바람에 녹슬어 갔다. 비늘 덮인 폐선이
얼어 꾸덕꾸덕 말라가고 있다. 곱은 손바닥으로 뺨을 문지

른다. 편의점 서치라이트 아래에는 아직 줄이 길게 늘어서 있다. 비리고 시린 입김을 비껴 지났다. 뻘 속에서 바람이 불어 소리를 풍긴다. 이름을 부르는 '어이-' 소리. 몇은 고개를 돌리고 몇은 뻘 밖으로 미끄러져 내렸다. 두개골 속의 内耳가 울린다. 얼고 있는 등뼈 위로 블루베리즙이 축축하고 시리다. **흰 것들이 바람 소리의 강약에 따라 다르게 번들거렸다.** 새들이 있는 뻘밭을 향해 누군가 다시 '어이-'.

소리는 살을 발라 붙이며 혈관 줄기를 솟게 하였다. 소리가 들리는 쪽에서 비늘이 날려 들었다. 구부정한 새가 뻘속을 향해 곤두박질쳤다. **비늘이 날리는 밤 희디흰 것이 불어들었다.**

---

* 内耳 : 물고기는 두개골 안의 얇은 막으로 소리를 듣는다.

질식에 대한 기록들

보증금을 월세로 모두 변제하고 난 뒤, 건물주는 마스터키로 문을 열었다. 세입자는 깊은 잠을 자고 있었다. 너무 오래 누워 있던 탓인지 형체가 녹아가는 중이었다. 현장에서 두툼한 종이책을 들췄을 때 얼굴에 빽빽이 눌어붙은 기호들을 발견하였다. 읽을 수는 없었다. 사람들은 입에서 입으로 들은 바를 옮겼다. 필사하던 공책에서 흐른 잉크가 독극물이라는 말도 있었다. 천문학과 기호학을 독학하여 해독하기 힘든 영역을 넘나들었다는 소문도 나왔다.

세입자가 새로 들어왔다. 이번에는 〈목구멍의 난제에 대한 몇 가지 증명〉이라는 팔백 쪽짜리 도형에 대한 논문집이었다. 스프링 제본된 논문을 들추자 구멍 뚫린 얼굴이 있었다. 구멍 한 개가 관통된 것인지, 다른 구멍 두 개가 뚫리다 보니 맞닿은 것인지 알 수 없었다. 얼굴을 이루는 뼛속은 비어 있었다. 이것은 먹고 사는, 이라고 시작되는 논쟁을 불러일으켰다.

그다음 세입자는 안면 압사 사건에 대해 이미 알고 있었다. 보증금은 없었다. 방들은 충분히 어둡고 냉기가 넉넉하게 돌았다. 세입자는 노트북 크기만 한 거울을 세워두었다.

문과 마주 보는 방향이었다. 깨진 유리병 조각들을 주워 늘어놓았다. 벽과 바닥이 닿는 귀퉁이였다. 무료나눔 받은 전신 거울이거나 길가에 내놓은 팔각형 화장 거울을 들여놓기도 하였다. 차츰 벽과 창을 가득 메우고 천정에 샹들리에처럼 늘어뜨려 놓기도 하였다. 그와 이웃이 마주치기도 하였다. 사람들은 그때마다 낯설고 외로워져서 목덜미를 으슬거리곤 하였다. 건물주가 첫 발견자였다. 바닥에 떨어진 기호 하나를 주웠을 때 반사된 그것은 무수히 많은 문장들을 발성하고 있었다. 거울 속의 기호들은 소리를 복사하여 스스로 음향을 만들었다. 한없이 어깨를 부풀게 하다가 가차 없이 듣는 이의 무릎을 꺾어 주저앉게 하기도 하였다. 주소가 잘못 적힌 봉투를 찢어대는 소리가 들렸다. 헐거워진 돌쩌귀가 삐걱대는 소리와 염소가 뿔을 비벼대는 소리도 들렸다. 오래 들고 다녀서 땀에 눅눅해진 전단지가 바닥에 미끄러지고 있었다. 빠르고 불규칙하게 찍히는 개찰구의 교통카드 스치는 소리가 겹쳤다. 더 이상 듣는 이가 해석할 수 없는 영역의 소리와 굳이 알고 싶지 않은 소리들이 유리와 거울과 기호와 발견자 사이에서 되풀이되어 반사되었다. 그는 거울들 속에서 자신을 찾을 수 없었다. 밥숟가락을 입속에서 빼낼 때 이빨 부딪는 소리가 났다. 그는 자신의 얼굴을 쥐어뜯는 소리를 반사시켰다. 사물과 기호의 소리들로 가득 찬 방안에 오직 자신의 얼굴로 자신의 얼굴을 눌러 죽이며 자신의 몸에서 빠져나가는 숫자들을 보았다.

이다

달을 주워 가는 사람을 보았다. 머리에 이어서 커다란 광주리인 양 두 팔을 허우적이고 있었다. 누군가 한 줄처럼 보이는 이를 뽑아 던져넣었다. 그의 아이 하나가 금인지 확인하곤 달에 다시 던졌다. 튕겨 나간 것을 주워 주머니에 넣었다. 앞섶이 볼록해졌다. 심장이 두 개처럼 뛴다. 점유이탈. 달을 비껴서 그늘에 숨었다. 사망 신고된 자가 아는 체한다. 굽은 생선 같던 달이었다. 가까이 우는 소리가 들린다. 비린내가 지워진다. 둥실 차올랐다. 수박이 쪼개지듯 비가 내린다. 물항아리 된 달을 받아 머리에 이었다. 고개가 곧추섰다. 아픈 허리 아래로 맑지 않은 땀이 흐른다. 부르는 소리가 오래도록 들렸다. 사내는 목이 쉬어 배고픈 웃음을 웃었다. 달을 부어 밥을 짓는다. 수저는 여전히 찾기 어려웠다. 죽은 자의 옷 보따리를 이었다. 다시 고개가 묵직해지며 등뼈에 힘이 꽂혔다. 달을 주워가던 사람이 되어 눈을 아래로 내렸다. 발끝에서 어린 염소들이 재주넘기를 하였다.

환승센터

염소는 치마에 머리를 얹고 잠이 들었다. 버스 시간을 짚은 뒤 편의점에서 김밥 한 줄을 샀다. 커피를 홀짝이는 사람 1이 반걸음쯤 서성이다 터미널 긴 의자에 걸터앉았다. 의자 옆에서 흔들리는 사람 2의 바짓부리에서 짐승의 암모니아 향이 풍겼다. 품에 안긴 염소가 잠 속에서 비틀대는지 발길질을 하였다. 사람 3이 다가와 불룩한 내 치마를 들쳤다. 아직 물렁이는 발톱을 만지작거리며 염소의 눈동자에 황달이 들었다고 말한다. 나는 인간의 젖을 먹이지 않으므로 화들짝 놀라 염소를 좀 더 여며 안았다. 이 자는 내 것을 가져가려 한다. 나는 회전문 밖으로 어기적거리며 기어 나갔다. 두 무릎 사이에서 염소가 대롱거린다. 중심을 잡기 위해 먼지 낀 벽에 손을 짚었다. 손톱이 찢어지고 벽에 마른 핏자국이 그어졌다. 사람 1, 2, 3과 닮은 사람들이 버스에서 내렸다. 57번 버스는 터미널 홀 안을 돌아 안전문을 통과하였다. 빈 벽을 서성이다가 초식동물처럼 질겅이던 껌을 뱉어내었다. 그 모양은 모르는 문장부호다. 골반에서 돌아간 치마허리를 바로 잡고 염소를 다시 안아 들었다. 비어 있는 긴 의자에 앉아 가방 안에서 김밥을 꺼내 들었다.

한 도막을 먹고 한 도막은 염소에게 먹였다. 나올 때부터 하나인 염소의 뿔을 쓰다듬었다. 문득, 고개를 치마 속에 깊게 박고 한 손을 헤집어 넣었다. 뿔 하나가 남아서 뱃속을 돌고 있었다. 버스가 오던 곳을 바라보던 사람 4, 5, 6, 7들이 동시에 고개를 돌리며 치마 속에 들어간 손을 기다렸다. 숙인 배에 눌린 염소가 거칠게 울며 발버둥 쳤다. 발굽이 뜯기고 떨어지고 단단해졌다. 나는 어린 염소와 함께 그대로 공중제비를 돌았다.

겨울잠을 자야 해요

겨울이 없는 곳이 있다던데요

그곳에서는 계절이 지루해지면 자야 할까요.

스콜이 선을 따라 이동하는 동안에 겨울잠을 잔다면 어떨까 싶어요.

이불 안에서 세운 무릎들은 좋은 지붕이 되겠죠.

말하기 힘든 장난질을 하고 돌아온 날처럼 늘어뜨린 채 길게 자야겠죠.

이불 안으로 동그랗게 몸을 말아요.

더러운 냄새가 나는 말들은 지워야 해요.

대신 과일 이름과 풀벌레 이름들을 뱉어요.

삶은 콩 위에 침방울을 섞어주었어요.

내미는 손바닥이 축축해서 무서웠어요.

골목 안의 놀이는 다정하면 안 되나 봐요.

모두 모여서 혼자 놀아요.

여름 저녁엔 나가지 않을래요, 겨울잠을 자요.

구름은 지도책 위에 길게 선을 그으며 바다를 넘어와요.

백색 지도를 지우개로 꼼꼼하게 지우고 마당이 비워지기를 기다려요.

비스킷은 그만 먹을래요, 자야 해요.

비스킷 가루로 무성하게 흰 수염을 그려 넣어요.

큰 거울 바깥으로 마당이 비워지고 있어요.

손거울 안에 빗물 고인 얼굴들이 있어요.

누군가 넥타이를 매어 보곤 울어요.

비스킷을 든 손바닥 안에 침을 뱉어요.

축축하게 끈적이는 밀반죽에서 삶은 콩 비린내가 나요.

이불 속에서 길게 잠들면 아이가 생긴다는 이야기를 들었어요.

겨울잠을 꼬박 챙겨야 할까요.

거울 선을 지운 지우개 똥을 비벼요.

골목 안은 여전히 다정하게 찐득거려요.

그곳도 다 비워지기를 기다려요.

겨울이 없는 곳이 있다던데,

구름 선은 무릎을 말아 넣은 이불 안에만 있어요,

눈이 쏟아질 거라고 해요.

2월

짧은 동면을 마친 오소리가 힐을 신고 굴 밖으로 나왔어

짧은 동면을 마쳤지. 굴 밖으로 나왔어.

뒤축이 물 먹은 땅 위에 깊은 구멍을 찍었어

힐의 뒤축이 물 먹은 땅 위에 깊은 구멍을 찍었어

중요한 시험을 마친 개가 엉덩이를 까 내리고 그중 한 구멍에 볼일을 보았지

개는 마침 중요한 시험을 끝내고 나오는 중이었어. 엉덩이를 까 내리고 한 구멍에 볼일을 보았지.

나의 염소가 입으로 구멍들을 꿰매며 뒤를 따르는 것이지

나의 염소가 입으로 구멍들을 꿰매며 오소리의 뒤를 따르다 셋은 마주쳤어,

그 위로 흙구슬들이 새로 쌓여갔지

잠시 뻘쭘한 동안 염소 꼬리 밑으로 구슬 똥이 도르륵 굴러떨어졌어.

나는 개에 놀라 죽은 오소리의 뽑힌 털들을 그러모아 종량제 봉투에 담았어

개에 뜯겨 죽는 동안 오소리의 터럭들이 흩날렸어. 나는 그것들을 모아 종량제 봉투에 담았어.

물 먹지 않은 폐지를 골라 수레에 얹어 가던 여자가 아는
체를 하는 것이지

**물 먹지 않은 폐지들을 골라 수레에 얹던 여자가 아는 체
를 하는 것이었지. 오소리탕과 지금은 드물어진 오래전의
음식들에 대해 이야기를 나누었어. 달군 부지깽이에 꽂아
구워 먹던 회쥐의 뒷다리와 어깨살을 아궁이에서 터럭의
노린내를 풍기며 그녀는 그새**

바퀴를 학습하던 그녀의 시간은 새우깡처럼 부서졌지

**바퀴를 학습하던 전생의 시간에 대해 털어놓았어. 새우
깡처럼 부서지던 첫 결혼에 대해서**

팔지 않는 책더미에 살며 빈약함을 비비고 싶어 하는 그
녀의 애인에 대해 알고 있지

**다 읽지 못한 책더미를 종잇값으로 환산해 보는 지금의
애인에 대한 이야기까지 듣게 되었어. 나는 오소리의 뒤꿈
치에서 하이힐을 벗기다가 지금도 씹하시나요 라고 물을
뻔했어.**

알고 있으므로 나는 그 인사를 모른 척할 수 있었지

그녀는 깊게 썼던 모자를 들어 올렸어. 눈썹이 듬성한 허

연 이마 아래 광채를 내는 동공이 활짝 열려 있었지. 그래
서 그 오소리를 나에게 안 넘기겠다고?

진흙 속에 파묻히며 굴러 가는 바큇살이야

**나는 그만 벗기던 뒤축으로 종량제 봉투에 구멍을 내고
말았어**

하이힐이 기다란 굽이 봉투에 구멍을 내고 말았어

염화칼슘이 새어 나와 땅을 덮고 있어

염화칼슘이 새어 나와 언 것들 위로 쏟아졌어.

천적 앞에서 죽은 시늉을 하던 오소리가 제 옆구리에서
흐르는 흰 알갱이들을 낼름 핥았어

**죽은 줄 알았던 오소리가 피칠된 털가죽을 여밀 새도 없
이 발버둥 쳤어. 나는 봉투를 놓쳤고 묵은 책이 집 안 가득
이라던 그녀의 늙은 애인에 대한 뒷부분을 듣지 못했어.**

나의 염소가 입질을 하였지, 하늘에선 미세먼지가 엉긴
낡은 눈이 내리고 있어

**얼음에 젖은 폐지 더미는 가져가지 않았어. 마른 곳을 찾
아 나의 염소가 입질을 하였지. 낡은 눈이 내리고 오소리는
찢긴 가죽을 여미며 굴속으로 들어가 버렸어. 한쪽만 남은**

힐의 뒤축은 녹다 언 땅 위에 외팔 지팡이 자국을 폭폭 내
었어.

하이힐을 신은 오소리처럼 염소는 마른 종이를 헤집느라
빈 뒤축을 또각거리지.

외줄로 늘어선 구멍을 따라 2차 시험을 본다던 개가 따라
들어갔어.

염화칼슘이 새어 나오는 봉투 안에 남은 하이힐은 심심
해졌어.

두 개의 브라운관

주차 중입니다,

구름 한 다발이 꽂혀 있었다

— 앉지 마시오

안내문 안으로 걸어 들어갔다

긁힌 무릎에 젖은 활엽수가 들러붙었다

불편하게 뒹구는 정강이를 따라 나무발발이가 오르내렸다

— 털어내시오

새가 물구나무를 설 때 사방이 흐트러졌다

— 같은 한 점을 찾으시오

가까이에 네가 없어서 안심하며 새를 으깨었다

구름 다발 위로 검은 안개가 떨어지고 있었다

가장 편안한 자세로 무릎을 기대었다

장소를 약속하지 않았다

느리게 숨, 눌리는 풍선처럼 소리가 부풀었다

터졌다가 다시 모였다

젖어 있지 않았고 새는 외투가 아니었다

한 점을 찾아서 접었다

금지어가 박힌 안내문 밖으로 사람들이 신선하게 지나

갔다

   — 앉지 마시오

뒤집어진 안내문을 다시 읽어보았다

약속을 가진 사람들이 쏟아졌다

다리 사이로 죽은 새가 흘러내렸다

불면하시나요

문은 조금 열어 둬.

더운 수중기에 가슴이 답답해지거든.

덜 닫힌 틈으로 고개를 외로 비튼 부리와 눈이 보여.

호두볏을 단 깃털 짐승의 붉은 얼굴.

듬성해진 솜털에 습기가 겉돌아.

기름샘을 닦아 올린 부리로 깃을 고르고 있어.

얼굴에는 기호가 없네.

비누 거품에 눈과 코가 씻겨 나가.

밀반죽처럼 미끈거리며 턱과 귀가 뿌옇게 흐르지.

깃털과 엉겨 물이 빠지질 않아.

반죽된 나를 쪼아 올리는 흔들리는 목줄기.

물이 차올라.

나는 어느 사이 비늘을 번들이며 물길을 따라 철벅여.

물지느러미가 자라느라 발가락이 아리네.

깊고 걸쭉한 오니들이 비늘마다 끼었어. 번들거리는 거
짓말.

녹아내리는 밀반죽 같기만 한 나는, 비늘에 깃털이 엉기
고 있어.

수도관이 터진 듯 폭포는 멈추지 않아.

찌꺼기들이 쓸리며 휘돌아. 물이 차고 넘쳐.

닭은 물오리처럼 잠영 중이야.

나의 아가미에 벌써 물이끼가 엉겼어.

비늘이 떨어지고 볏이 곪아 덜렁거리고,

타일 바닥에 괄태충처럼 비린내가 진동해.

파묘

안에서 바람이 불어 나온다. 그림자들이 흔들렸다
몸 밖의 것들이 핼쑥해졌다
장도리들을 꺼내는 소리들이 분주하였다, 방문이 쪼개
진다
사람들이 얼룩지며 소란해졌다
의자에 걸쳐둔 종아리가 덜렁거린다

지붕을 굴렀다. 잠을 설쳤다. 진드기가 속눈썹을 타고
있다.
상수리 깍지가 바스러지는 소리. 숲을 헤집었다.
무릎께에서 자빠지는 비석.
숲 개미들이 산새의 깃털을 실어 날랐다.
깔끔하게 핥아낸 사발 조각을 머리 위에 얹고 걸었다
조부의 아들들과 조모의 딸들이 남긴 인사를 받았다,
탯줄은 목에 감고 죽는 거란다
새로 해 넣은 관을 파냈다.
고라니가 죽은 자의 옷가지를 씹었다
덜렁거리는 발목에 아무개 之 墓를 새겨넣었다, 破卯

꺼진 무덤 위에 상수리를 파묻었다.

뱉어낸 고깃덩어리에서 김이 올랐다

* 破卯 파묘, 날이 샐 무렵

아홉

개들이 어둠 속에서 달려 나왔다 길이 생겼다 가로등 불
이 밝아졌다 밤벌레들이 한꺼번에 사라졌다 개들이 빼놓은
채 달리는 혓바닥에서 침이 흘렀다 멈칫한 것은 팔랑이던
밤벌레들뿐이었다 딱정벌레들은 작은 돌멩이처럼 나뒹굴
었다 기름 냄새를 풍기며 작은 오토바이 하나가 지나갔다
혀를 끌어 차는 듯한 낯선 말소리들이 엔진소리보다 길게
울렸다 개가 가까이 다가올수록 번들거리는 눈자위가 더욱
뒤룩거렸다 긴 꼬리털은 바람에 빗질되었다 파도 소리가
지나간 숲의 안쪽에서 다시 찐득한 공기가 풍겼다 죽은 개
들이 검은 길 위에 불쑥 달려 나와 아는 체를 하고 있다 불
러 줘야 한다 바람에 파묻히는 머리칼에 휘파람 소리가 잡
히지 않았다 죽은 것들은 같은 이름을 가지고 있기도 하다
어잇! 발 구르는 소리가 검은 길을 울렸다 다시 빛이 팔랑
이며 날것들이 몰려들었다 다시 가로등에 딱정벌레가 들러
붙고 나방들과 각다귀들이 들러붙고 헛것 같지 않은 이름
들을 불러보았다 저녁은 쉽게 밤이 되었다 뒤집어진 목장
갑은 손가락들이 죄다 없다 버스를 놓치고 검지 않은 길을
찾아 미끄러진다 검은 개처럼 혀를 빼물었다 조모로부터

새겨둔 은밀한 말들을 씹었다 나는 목줄 없는 시커먼 개여

서 버스 정류장을 잊은 듯이 지나쳤다

사막오렌지수첩

사막이 파랗다.

오렌지는 아직 익지 않았다.

이파리가 보랏빛으로 팔랑인다.

식물의 테두리를 따라 즙이 배어 나온다.

오렌지가 굴러나온 종이봉투에 볼록한 형상이 남아 있다.

시큼한 모서리를 따라 침이 흘렀다.

첫 키스, 짓무른 오렌지를 삼키는 맛이었다.

물컹한 혓바닥을 손가락으로 만지작거렸다, 따라 매만지는 귓불에서 버스럭거리는 소리가 풍긴다.

같은 맛으로 물들어 가는 모래 알갱이들은 오래전의 발톱 부스러기, 단맛이 남았던 입속에서 쇳내가 퍼진다.

바람이 사탕 부스러기처럼 날렸다.

고린 풀 내가 나는 두 볼을 훑다가 웃게 해본다.

덜 익은 손바닥이 청보랏빛, 끈적이는 마른 눈물이 누렇다.

까실하게 날리는 발톱 부스러기들은 자꾸만 뒷목과 입술에 달라붙었다.

황사 한가운데 우두커니 앉아 있었다. 양말을 벗어 털었다.

새끼발가락에 발톱이 지워져 있다, 테두리만 남은 모래

사막이 되기 전의 흔적.

　사막발톱은, 덜 익은 오렌지 빛깔로 짜게 빛나는 팔뚝, 핥으면 별사탕처럼 감질났다.

　누렇게 날리는 바람 속으로 깎여 사라져 버리는,

　사막의 오렌지에게는 발톱이 하나씩 없다.

　물기가 다 날아가 버린 두상에서 마른 풀 내가 난다.

제2부

대외적 가족

두 사람의 다리와 한 사람의 어깨와 세 사람의 골반이.
그러나 안장은 둘. 자전거를 탄다.
뒤틀리는 바큇살 아래 터지는 얼음웅덩이. 물은 냉기에 말라 있었지.
모음을 으깨며 하나는 죽고 하나는 짓이겨지고 하나는 부러진 다리로 겅중거려.
이 일은 우리의 부분이 되지 않아.
자동판매기에 캐시카드를 밀어 넣으면 페달을 밟을 수 있으십니다. 시승한 제품은 팔지 않으십니다.
굽은 척추를 수평으로 마저 숙이세요. 네 개의 페달로 짐승처럼 굴러가게 할 수 있으십니다 - 카드를 뽑아야 해. 손과 시선이 엉겼어. 고통에 대한 반응을 하는 거야. 조향장치가 없어도 페달의 회전을 멈추면 안 돼. 앞이 보이지 않는 달달한 순간이 화악 끼치고 꺼지는 어둠.
그 한 때의 몰입을 위해 버튼을 눌러. 2열 3행, 체인이 돌고 빨간 콧물이 솟구쳐. 힘찬 날숨소리가 빠져나가. 엉긴 체인을 바퀴에 걸고 기름때 묻은 입술을 닦아.
전시체험장의 표본이 완성되었어. 버튼을 눌러 봐. 기이하게 비틀려서 완전한 세상이야. **완벽한 어느 한 장일 뿐이십니다.** 미숙함이 완벽한 표본을 만들었지. **더 가난해져야 찢어지실 수 있으십니다아** ↗

식사 — ghrelin

빈 건물

우물 속에는 암소 한 마리가 있어.

쥐들에게 파먹히는 동안 그들의 소화를 위해 노래를 불러주기도 하였지.

건물을 부수는 엔진소리가 붕붕 돌고

우물 벽 안에서 암소는 자신을 위한 노래라 여겼지.

차가워지는 이마

차가운 입술

차가운 머리털

식은 문장,

언제 오냐?

도로에서 길을 잃고 헤매는 동안

우물 안에서 굶주린 것들이 흘러넘쳤어.

암소의 가죽이 벗겨지고 뼈가 발라지고 내장이 쏟아지고,

뱃속엔 다 삭아진 모유 한 모금이 들어 있지.

벌레가 꼬이고 날개를 단 작은 것들이 잉잉거리며 빨았어.

죽은 암소가 얼굴에 들러붙어서 길 잃은 것들의 목뼈가

굽었어.

　나는 암소가 남긴 빈 우물에서 쥐들을 배불리 먹여야 해.

　우물 안을 들여다보는 날에는 거꾸로 떨어지는 꿈이 따
라와.

　따라오지 못하게 우물의 문들을 걸어 잠가야 해.

* ghrelin 그렐린 : hunger hormone

수저는 없다

달빛이 꺾였다.

얼굴도 함께 그늘졌다.

없어서 도망갔다는 소문이 돌았다.

말이 도마 위에서 미끄러졌다.

생선 같던 발등에 칼이 꽂혔다.

깨진 달걀들이 부화해서 꽃이 피었다.

파리들이 구더기가 되는 동안 물들이 숙성되어 간다.

먹지 않는 독주, 옆구리에서 줄을 뽑아 병에 꽂았다.

긴 호흡으로 빨아들이는 수액에서 맑은 물이 흐른다.

달고 쓴 식물의 즙에서 검은 설탕물이 솟았다.

병 안에 알들이 질척하게 고이면 다시 도마 위에 말들이
꽂혔다.

명중하는 것은 하혈하는 종아리.

없어서 떠났다던 아내의 아내들이 병 안에서 싹을 틔웠다.

말들을 골라내던 아내가 수염을 긁는다.

엄마가 늙으면 싱싱한 아내가 새로 들어와 도마를 두드
린다.

달빛에 부풀어 선반 위의 병들은 만삭이 되었다.

아내들의 얼굴에 구레나룻이 반짝인다.

노래기처럼 기어가는 힘줄을 뽑으며 염소처럼 입술을 말아 올린다.

뒤로 걷는 수행자가 꺾인 전등을 들고

오래 기다리는, 도마 위에 비린내가 풍긴다.

빛 꺾인 지느러미는 미끄러워 젓가락으로 집어낼 수가 없다.

달이 삭아졌다.

카네이션

봉오리가 많은 걸 골라주세요. 이건 당신을 위해 들고 가야 해요.

바람에 지붕이 날아갔어요. 지붕 아래 받쳐둔 오크 기둥은 바닥을 뚫고 몸을 내렸어요. 잔가지 없이 매끈했어요. 그동안 싹이 돋는 일은 없었어요. 지붕이 내려앉을 때 아래층이 무너지지 않도록 힘받이를 해주었어요. 이층에서 굴러떨어진 서랍장 안에서 옷가지들이 날렸어요. 당신의 셔츠가 펄럭여요. 앞섶에 나프탈렌 향이 아직도 남아 있어요. 누렇게 바랜 봉투가 떨어졌어요. 벌써 비어 있어요. 죽은 자를 위해 드리는 돈이라고 길게 쓴 손 글씨. 찢고 구겨, 던져 버렸어요. 바람이 뚫고 간 지붕을 올려다보았어요. 천장 없이 개축한 다락 안에 오크 기둥을 세운 건 당신 솜씨에요. 새로 넓힌 지붕 아래에 처음 이마를 뉘었을 때, 입을 찢어버린다는 섬어가 아래층에서 올라왔어요. 임종을 앞둔 며칠 전이었어요. 희고 붉은 지전을 그려 넣어 푹신해진 봉투. 죽을 자를 위해 드리는. 겉면에 문장을 쓰는 당신을 보았어요. 앞섶에 올려둔 손바닥은 목각처럼 굳어 있었죠. 따뜻했을까요. 입술 안에 순간접착제를 떨구는 장의사의 손등은 희디희네요.

봉오리는 며칠 더 있다 열릴 거라고 해요. 지붕이 뚫린 집에 서랍장이 하나 남아 있어요. 셔츠와 한 벌로 마련한 바지가 있어요. 그 주머니 안에는 반 접힌 봉투가 있어요. 스스로 노잣돈을 마련하던 목각이 된 손이 있었어요. 한참 전에 찢긴 봉투는 당신의 얼굴처럼 보풀이 잔뜩 일었어요. 죽기 전에 명복을 받은 당신은 찢긴 입을 꿰매느라 늘 실바늘을 곁에 두었어요. 봉오리에서 빨간 향이 흘러요. 짧아진 실을 바늘귀에서 뽑아내는 굳은 손은 부드러운 가죽을 씌운 목각인형 같기만 해요. 줄을 당겨요. 오크 기둥 위에 올라앉은 지붕 위의 검은 새는 꽃 모가지를 토옥 토옥 따내었네요. 실을 새로 꿰어 넣은 바늘이 벌어지려는 봉오리의 꽃잎들을 감침질해요. 서랍장 밖으로 펄럭이는 바지와 셔츠를 걸치고 지붕 뚫린 집을 오래 내려다보는 중이에요. 크고 헐렁이는 옷들은 바람을 타고 아래로 아래로 다시 위로 위로 능선을 따라 일정한 높이로 날고 있어요. 봉오리가 많은 꽃다발은 한 잎도 피지 못할 거예요. 지전을 태우고 새로 쓴 봉투를 주머니에 간직하고, 오크 기둥은 다시 세우지 않아도 되어요. 지붕 없는 집 위로 새가 앉을 자리를 찾고 있어요.

냉동실

당신을 보러 갔습니다. 식탁 비닐을 바스락거리며 구멍을 뚫어 봅니다. 손끝에 침을 발라 떨어진 머리카락도 떼어냈습니다. 당신이 신던 신발들을 가지런히 테이블 위에 올려 두었습니다. 식은 밥을 말았습니다. 육수도 부었습니다. 당신의 발은 모두 세 그릇. 삼킨 것들을 줄줄 게워 냈습니다. 아픈 손가락들은 발목 안으로 손을 밀어 넣습니다. 온도가 없다고 중얼거립니다. 구두 안에서 비틀린 잠을 자는 당신의 눈, 죽탕처럼 구두코에 떨어집니다. 핥아냅니다. 식탁 위로 콧물이 떨어지고 게워 낸 발목들이 목구멍 밖으로 달아납니다. 당신이 남기고 간 신발들을 신고 네발짐승들이 냉동실 앞에서 멱살을 잡았습니다. 그림자처럼 서 있던 누군가가 머리털을 잘라 당신의 앞섶에 포개 넣습니다. 다들 새 신발을 신고 지하 냉동실을 떠납니다. 다소곳하게. 식당 지하에 아직 국물이 흐르는 구두를 신고 있는 당신의 청각이 두렵습니다. 할퀸 손등과 목덜미와 퍼레진 동공을 한 아이들이 국밥을 먹습니다.

만가

어깨에 구멍이 생겼다. 허리가 부푼 개가 들어찼다. 낡은 이야기들을 받았다. 짖는다. 바닥에 대었던 가슴 아래로 소란들이 깨었다. 문이 젖히고 바람이 돈다.

일은 꺾이는 순간에 이루어졌다. 보이지 않는 것들의 뒤에서 들리는 소란한 노래들. 개와 염소가 죽어가는 이야기의 뼈를 핥고 있었다. 구멍을 막았던 손이 후비던 일을 계속하였다. 구멍 안에서 노래가 흘렀다. 젖을 빠는 소리. 조형물 같은 사체에서 손가락들이 떨어졌다. 주워 빠는 짐승을 구경하기 위해 개미들이 모였다. 꼬리를 감추고 녹은 뼈를 으깨었다. 침에 짓이겨진 뱃골은 모두 쪼옥 마신다.

어깨에는 구멍이 하나 더 생겼다. 안으로 시월 벚꽃을 꽂아 넣었다. 바람이 다시 돌아나갔다. 소란한 노래들이 멀어지고, 꽃 꺾인 가지에서 젖이 흘렀다. 강아지처럼, 개새끼처럼 오래 쪽쪽거렸다. 만가는 부르지 않기로 한다. 문은 걸어 잠그지 않는다.

* 만가1 輓歌/挽歌

여름

압축기가 냉기를 채우고 있어. 안녕? 아이스바에서 향이 난다. 우린 둥근 오렌지를 본 적이 없어.

인사말을 제대로 하지 못했어. 대신 머리칼을 잘라 서로 앞섶에 넣어 두었어. 제대로 감지 않은 머리털에선 비린 냄새가 나. 두개골이 으깨지던 냄새일지도 모르겠어.

ATM기 앞을 지나는 중이야. 한 뼘의 틈에서 냉기가 빠져 나와. 지폐를 세어 넣은 뒤 봉투는 안주머니에 꽂아 넣었어.

방금 전, 치우지 않은 테이블 앞에 잠시 앉아 있었어. 테라스 위로 떨어지는 흙먼지 바람에 휘청여. 함께 있던 염소가 테이블 다리에 이마를 문대었어. 위태롭게 달그락거리는 찻잔. 식도에서 뜨거운 게 달궈졌다가 가라앉길 반복하고 있어. 차는 다 마시고 일어나야 해.

바람에 펄럭이던 옷가지들이 바닥에 한 장을 떨구었어. 그냥 지나쳤어. 그 위에 초식동물의 발자국이 찍혔어.

아이스크림이 녹고 있어. 혀를 내밀어봐. 안부를 묻는 말들이 얼어 있어.

아크릴 문을 닫아야 해. 둥근 오렌지는 냉각기 안에 없어. 이마를 만져 봐. 너의 뿔 없던 시간이 뜨겁구나. 염소의 목덜미에서는 시리게 군은 아이스크림 오렌지 향이 나.

멀바우

　탁자를 가져가고 싶어요. 염소를 치던 아이는 뱃가죽이
비어 있었다. 우는 젖꼭지를 물지 못해서 이마에 꽃이 덮였
다. 아이가 국수를 마시다 말고 원한다. 흰 꽃들에 가려진
멀바우 원목 색을 살려보고 싶어요. 탁자 기둥에 묶인 염소
가 고개를 높이 들고 윗니를 드러내며 웃었다. 누렇게 젖은
입술 사이로 풀똥 내가 번졌다. 먹던 국수 가닥이 건초 사
발에 채워졌다. 거실이 휑하니 비게 된단다, 탁자는 줄 수
가 없구나. 아이의 가느다란 젓가락이 파리하게 바래간다.
염소를 마저 먹이려무나. 탁자를 끌며 빠르게 달려 나간다.
흰 꽃이 버짐처럼 피는 진딧물에 엉겨 수북이 쏟아졌다. 아
이가 소처럼 운다. 염소가 끌고 달리는 탁자 위에는 남은
국수 국물이 찔걱였다. 오독이 잦은 탁자의 가계보는 낙서
로 가득하다. 깊게 팬 연필 자국들이 난해하다. 국수는 아
직 다 못 마셨어요, 거칠게 두드리는 젓가락 여러 짝이 튕
겨 나간다. 밟혀 으깨진 연필에도 흰 꽃이 드문드문 피었다.

사육장 안에서

원숭이를 보러 갔습니다, 사육장 안에. 다리가 다섯입니다. 머리가 없습니다. 꼭짓점 안쪽에 들러붙어 있습니다. 악어를 보러 갔습니다. 물 깊은 곳에 녹조류가 맑게 가라앉아 있습니다. 봐요, 저건 악어가 없는 죽은 수렁이야. 모를 심을 수는 없어. 고약한 냄새가 폐를 아프게 해. 그래, 폐가 아프구나. 원숭이가 낡은 외투처럼 툭 떨어졌습니다. 털이 벗겨지고, 물 안에서 악어가 빛바랜 등판을 띄웠습니다. 당신, 나의 당신이야. 물에 불어 둥둥 떠 계시네. 나는 그렁그렁하였습니다. 습한 공기가 가득 차요. 숨을 쉴 수가 없어요. 돔 밖으로 나가 젖은 폐를 말려야겠어요. 원숭이와 악어와 쿠키 조각들이 뒤집어 말리는 주머니에서 쏟아져 나와요. 좀체 마르지 않아요. 흐물거리는 껍질을 뒤집어쓴 당신, 한쪽 뺨에서 희멀건 물줄기가 흐릅니다. 옆구리로 새어 나오던 젖줄을 볼 때처럼 폐가 아픕니다. 나는 사육장 천장 모서리에 들러붙어 머리 없이 젖을 빨아 대는 더러운 털가죽이 됩니다.

아니오, 지금 일하는 중이에요

에베레스트가 녹는다고 해요.

오래전 죽은 사람들과 쓰레기들이 가득하다고 해요.

눈 얼음 안에서 살인을 자백한 그의 진술에 사람들은 당황하고 있어요.

청경채 무침은 숨이 다 죽었어요.

혼자 모두 먹긴 힘들어요.

아, 목제 팔레트 규격이 도면과 다르다구요?

규격별 단가를 알아봐 드릴게요.

청경채가 다 물렀어도 시간 안에 목제 팔레트를 구해야 해요.

높은 산에 오르다 죽은 사람들을 데려오는 데는 많은 돈이 필요하다고 해요.

금기를 깨는 짜릿함이 살육의 주기를 좁혔어요.

우리는 등산복이 없어요.

태풍의 왼쪽은 평온해요.

비구름이 지나고 있는 덕에 산의 색이 맑아요.

난 오른쪽에 있어요.

오전 중으로 40파이 철 파이프도 주문해야 하거든요.

지금 정확한 수량을 계산 중이에요.

커피가 다 녹고 있어요.

컵 안의 얼음이 녹으면 컵이 넘치려나요.

부피가 줄어 마른 목이 적셔지려나요.

컵은 많이 젖어 도면이 젖고 있어요.

홍수가 나기 전에 시에서는 강변에 둑을 쌓았어요.

물가에 갈 아이들은 없어요.

아뇨. 주변에 산악인은 없어요.

받으신 워킹스틱은 이번 시즌 견본품이에요.

중고 팔레트는 직접 가지러 가야 해요.

입찰은 늘 최저가 낙찰이에요.

원하는 규격을 위해 목재소에 다녀오기로 해요.

구해서 밤샘 작업하려구요.

그리 큰 산이 녹는다는데 작업장 안은 더욱 온도가 올라
가요.

물의 기운이 강해지고 있어요.

청경채 무침은 다 물러서 버려야겠어요.

냉장고에 더 이상의 식재료는 없어요.

얼음이 녹았어도 커피는 마실 수 있어요.

고백할 살인은 아직 더 남아 있어요.

산이 녹는 동안에 더 많은 혼란이 드러나겠죠.

여기, 채널 좀 고정해 주세요.

달의 계절

달력을 걸어두고 싶었다. 벽에 못이 박히며 망치가 뒤로 날아갔다. 문과 문 사이의 좁은 벽. 문을 열려면 달력을 들춰야 한다. 거울도 걸었다. 부엌에 들어가기 위해 거울을 회전시킨다. 망치에 찍혀 덜렁거리는 손가락을 맞춰보았다. 피가 빠지는 걸 보았다. 내력을 가지게 되었다.

좀체 붙지 않는 손가락을 감싸 쥐었다. 깨진 거울 조각은 시리고 만족스러웠다. 부풀어 오른 붕대. 문 하나를 포기한다.

거울은 더욱 크고 무거워졌다. 좁은 벽에는 감당되지 않았다. 거울이 붙은 부엌문 앞으로 가족들이 들러붙어 앉았다. 작은방을 열고 미닫이문을 지나 부엌 상이 드나들었다. 드나들며 한 번씩 아랫목에 발바닥을 들이밀었다. 아궁이 불에 그을린 검은 장판. 검은 물이 몸에 옮겨붙었다. 방문을 걸어 잠근다.

목수는 마당을 가로지르고 아궁이 앞을 건너뛰어 바깥문으로 부엌 상을 들고 다녔다. 아궁이 안에서 연기가 피었다. 바람이 거꾸로 불었다, 아랫목에 연기가 차올랐다. 방문은 열리지 않는다, 장도리를 당기는 소리. 거울이 강하게 울렁였다. 쥐 먹은 핏물이 이불 위에 물들어 있었다. 정월에 다 뜯어낸 일력이 거울 안으로 깊숙이 들어왔다. 잇몸에 비린내가 돌도록 내장을 빼먹힌 쥐들이 한데 엉겨 있었다. 달이 젖어 축축하다. 문에 들러붙은 거울 안으로 가족들이 모여들었다. 이제 막 정월이 지났을 뿐이지만, 거울 안에서는 달이 제대로 차고 기울었다. 펄럭이는 달력을 떼어내고 일력을 다시 걸었다.

지붕

1995년 화성과 해왕성을 비껴,
태양계 밖의 어둠을 여러 날 들여다볼 때였다.
팥죽을 끓일 줄은 아느냐는 연락을 받았다.
너는 단감을 고아 만든 조청 한 병을 비우는 중이었다.
배 안에는 달이 들어찼다. 팥은 없었는데,
그 무렵 허블이 어둠 안에서 죽은 지 오래된 은하들을 전
송해 왔다.
로버트 윌리엄이 팽창하는 어둠 곳곳을 뒤적이며 쏟아
부은
팥죽 그릇 밖으로 손바닥을 감춘 아이가 동그랗게 몸을
말았다.
잘 줄 모르는 달은 팥죽이 끓어 넘치고 새알심들이 다 풀
어지도록 사지를 펴지 않았다.
죽 솥이 파랗게 쏟아지고 깊이가 없는 어둠은 계속 전송
되고 있었다.
조청 병을 긁어 먹던 손가락은 닳다 만 채로 뿌옇게 부풀
었다.

은하들이 부서져 나간다, 지붕이 없는 골목 안으로.

풀어진 새알심을 수저로 떠올리자 너는 동그랗게 뭉친 몸을 풀었다.

동짓날은 까맣지 않아요, 달은 여기 잘 녹아 있어요. 안부 전화는 위선이지요,

갈라진 목소리가 저 너머로 송신되었다.

너는 팽창하는 어둠 한 점에서 은하 한 타래를 허리에 둘렀다.

이미 죽은 별들이 달을 끌어당긴다.

수저의 입술 안에서 늘어져 떨어진 새알심,

지붕을 출입하던 헐거운 몸들을 새들에게 던져주었다.

집 안에 머물던 달들이 출입문으로 빨려 나간다.

남은 피가 다 말라 오그라든 머리통에 젖을 물린다.

꿀떡이며 젖을 삼키는 동안 맨살에 들러붙은 새알심이 입에서도 흘러내렸다.

골목이 만들어지기 전이었다. 지붕을 밟고 손들이 지난다.

간혹 구멍 안으로 미끄러져 들어오는.

몸이 가벼운 아이는 입에서 빠지려는 달을 물어넣었다.

울어요

위층 여자가 물에서 건진 상추를 털며 말했어요 어린 학생들이 깊이 못 자서 늘 지각이래요 바구니에 담긴 상추가 왜 너덜거리는지 알지 못해요 그녀는 물에 상추를 적시고 적셨어요 관리비를 내러 갔을 뿐인데 귓속에서 파리가 나오네요 볕 가득한 식탁에 삶아놓은 흰 고기가 꾸덕꾸덕 마르고 있어요 번들거리는 파리가 손톱만 하게 커졌다가 작아져요 접시째 녹여 먹고 날아가요

고장 난 건가요 알려 준 대로 우는 몸통 위에 베개를 올려두어요 삶은 빨래를 헹구다 말고 물에 오래도록 손을 담갔어요 상추만 다 찢겼다며 엎어버리던 위층 여자를 생각해요 지나치게 조용하네요 벌린 입 앞에 손을 대보았어요 손의 냉기에 놀란 모양이에요 매미처럼 끊어 울어요 벽을 타고 들을까 가슴을 풀어 헤쳤어요 살갗을 파내고 머리통을 묻어요 오래 끌어안지는 못했어요 안은 두 팔뚝이 저려서 몸통에 들러붙어요 당신은 젖을 찾아 고개를 가눌 힘도 없어 보여요 물 젖은 상추처럼 너덜대요 사람들이 품에서 파래지고 하얘지는 구더기를 꺼내 들고 갔어요 몸통의 구더기는 아직 우는데 귓속은 가벼워요

웃음이 단정한 여자들이 그림책을 읽어 주어요 몸에서 젖이 흘러요 당신을 위한 자장가는 부르지 않아도 되어요 그림책을 팔지 못하면 난시가 되어요 매미를 부르면 여자는 가끔 나타나요 상추를 털어대다 몸을 찢어대기도 해요 나중에 헹궈도 된다며 그 등을 토닥이며 달래주어요 다시 귀가 맑고 가벼워져요 구더기가 아직 남아 있어요 무릎을 꽉 쥐어요 뒷머리를 개수대에 박고 있는 줄은 몰랐어요 입과 귀를 지워요 다시 깨끗하게 그려 넣어요 어떤 그림책은 아이들 서가에 있지 않아요 있던 곳에 다시 꽂아 두어요

웃다

개도 웃을까요?

인간다움에 관한 수업 중이었다

여름이면 세 번쯤 개들을 목매달았다

닭이라도 목줄기에서 피를 뽑아내어 식탁에 올리던 때였다

웃는다는 건 개짐승에게는 불가능한 일이라며 선생은 분노하였다

웃는 짐승을 먹는다는 건 피하는 일이었다

시장통 막걸릿집에서는 개국을 팔았다

배를 뒤집고 드러눕는 작은 개는 웃을 줄 안다

먹지 않는다

쇠줄에 묶인 것들은 웃지 않으며 저울로 무게를 달아 내갔다

개장수들은 간혹 빈 마당에 들어가 눈대중으로 무게를 재어 목줄째 실어내갔다

개를 찾으러 시장통에 나가면 쉽게 국밥 그릇 안에서 찾기도 하였다

어깨를 부딪치며 붙어 앉아 술추렴하고 잇는다

그곳에서는 웃는다는 걸 알면 안 된다

우리 집 개는 웃어요, 라고 대답했다가 개같이 혼나고 개처럼 맞고 개인 양 무시당하고

선생을 초대해서 개고기를 나눠 먹었다

아이는 온종일 다시 보기를 하며 꿈을 키운다

웃는 개와 방송에 출연하기 위해 결혼을 하고 마당 있는 집을 구할 것이라 말했을 때, 나는 개처럼 웃었다

배를 드러내고 누워 있던 터라 네 발과 꼬리만 흔들면 되었다

요즘엔 인간도 웃을까요?

아이는 질문한다,

나는 웃는가요?

버터플라이 잭나이프

읽고 싶지 않은 우편물이 꽂혀 있었어

비에 불어서 제법 무거웠지.

내린 비의 양을 구하시오, 마른 우편물의 무게에 대한 측
정값이 없으므로,

라는 라디오 소리가 들려.

지금은 개었는데 또 올지도 몰라. 구름이 빠르게 지붕을
훑고 있어,

숲에서 떠오른 새들이 그 자리에 박혔어

봉투는 엄지에 뭉개지다 손바닥에 들러붙었어

나를 포장해서 배송하는 이야기를 만들어 본 적이 있어,

벌써 오래된 설화여서 심심해졌어.

아이스바를 핥았어. 머릿속에 구멍이 숭숭 뚫리는 기분
에 취해 있었지.

공중에서 새들이 와사사 추락하였어. 샌들을 신은 발등
위로 단맛이 흘렀지.

입 안에서 흙내가 났지. 콧구멍 주변으로 먼지가 까맣게
실금을 만들었어.

우편물을 뜯어야 해. 말라붙은 봉투를 포 뜨려면 나이프

가,

　서랍을 뒤적이다 흰 봉투 안에서 그것이 쏟아졌어.

　날개를 쫙 펼쳐 날았지.

　기름때가 틈마다 끼어 있지만 아름답게 반들거렸어.

　엄지발가락에 꽂힌 날개를 보느라 펼쳐진 빨간 피꽃들은
나중에야 알았어

　말라붙은 봉투 위에도 피꽃 몇 점

　오그라든 채 죽은 목수 입술에서 떨어진

인플루엔자

귓속에 소라껍데기를 넣은 건 태어나기 전의 일
커다란 울림 벽에 쌓인 소리의 찌꺼기들
듣는 법을 익히지 못한 입술이 거기 새겨져 있다.
허리를 숙여 깊게 토하자
볼을 타고 흐르는 빨간 즙
긴 꼬리를 흘리며 구르는 귓바퀴
구르는 동안 즙은 넘쳐 찔꺽거려도
적시지 못하는 곳은 벌어진 입
이목구비가 없던 시절이 저장된 깊은 통로
속이 뚫린 곳에서 풍기는 청록색 냄새
숙제를 해야 한다며 엎드린 엉덩이
누워 자라는 버섯처럼 더 멀리 가라앉는 즙
말들은 목구멍을 타고 흘러 들어가고
귓속을 울리며 드나드는 되직한 소리
발목을 빼내기 위해 참았다 내뱉는 말들과
뱃구레를 쓰다듬는 펼친 손바닥
소라껍데기를 짊어진 채 오그라드는 아이
뱃속에 흐르는 즙을 밀어 넣었다

바닥에서는 저음의 우퍼가 흘린다
방진 플랫폼을 깔고 앉은 소리들이
벽을 타고 찐득거렸다
공명하지 않고 사는 법을 익힌
쏟아지는 소라껍데기들

고등어 섬

외투를 사야 해요

받을 돈이 있어요

학원은 그만 가기로 해요

날마다 다른 피아노를 만질 수 있어서 좋았어요

돈 대신 받은 고등어는 간이 되어 있지 않아요

마주친 적 없는 이웃의 초인종을 눌러요

그 앞에 보내는 메모와 고등어를 두고 왔어요

갯벌 냄새가 가득해서 설레는 꿈을 꾸었어요

집엔 아무도 오지 않아요

짠 내와 생선 썩는 향

는개가 해안도로를 타고 올라온다고 해요

모두 방진 마스크를 써요

학교에서 복면은 금지랍니다

차들은 비상등을 켠 채 도로를 빠져나오지 못했어요

높은 곳의 높은 곳으로 올라왔지만

능선을 따라 박힌 신축건물들은 더 높이 안개를 끌고 올라가요

나의 옥상은 깊숙이 내려앉아요

안개를 핥아요

닳아지는 것은 숫은 헛바늘을 숨기는 입술이에요

간혹 엄마들은 전화가 불통이 되기도 하나 봐요

바자회에서 드론을 포기하고 고등어를 받아왔어요

누가 빈집 앞에 썩은 생선을 버렸다고 소란스러워요

건물주는 아직 전 세입자에게 잔금을 치르지 못하였다고
해요

고등어가 다 녹아버렸어요

알아요, 썩어가는 생선 짠내에 코를 깊게 박고 싶어져요

외투가 필요 없는 곳에 있었으면 좋겠어요

하혈

비닐컵 1,000cc 50ea 공캔 4L용 3ea 미니로라 6인치 2ea

안부 인사 짧게 서너 문장형 각 1set

필름 5인치 6줄 1곽 다이어리 1책 대홍수세미 9×11 검 2ea

북극한파를 빙자한 난이도 높은 1 티백 1 컵

전 미수금액 0, 금일 거래액 00, 다 마신 종이컵 1ea

미수금합계 0,00 알사탕 한 움큼

거래 명세서 인수자 서명 1ea

들고나온 황색 공기 1 영역

세금계산서는 이메일 발송합니다

좌회전 방향에 일방통행 1선 양방통행 1차1선 합 도로 2선

서행하지 않는 전방 마주 오는 차량 다수

오른쪽 방향지시등을 켠 양방통행 1차선 안에 차량 2대

오늘 옮겨 쓰다만 시 다수

눈으로 읽으면 산란하게 쏟아지는 단어들

안료 가루들이 폭발할 수 있음

중얼거리는 입속에 든 불의 위치를 조절할 것

흘려 읽는 일이 잦으므로 한 문장씩 필사하기를 적극 권

장함

  마구 기술한 문장들은 정황으로 정리할 것

  주문서에 적힌 막혜라 1ea, 구매하기를 분실함

  적다만 정황 뒤에 숫자 1이 붙으며 정황 2가 생성됨

  막혜라 1ea를 구매하기 위해 예비용 희석제 17L 추가

  정황 2가 휘발되면서 정황 3, 폭설로 인해 사유 없는 외출을 할 수 있게 됨

  검정이 묻은 크림소스는 도로 위에 쌓이고, 라는 한 줄을 적어둠

  구름은 커다란 솥처럼 산과 산 사이에, 앉은검정을 털어 물과 함께 삼키다

  라는 복용법을 적어 둠

  번호를 매기지 않아도 되는 적막의 영역이 깊어지는 동안

  거래명세서 뒷면에 초경의 말들을 박아 넣으며 제설차를 뒤따라감

  * 앉은검정 ; 아궁이 솥 바닥에 붙은 그을음. 지혈제로 쓰임

엄마가 나를 팔았다

물이 일었다.

쪼그라진 손등으로 빈약한 물항아리 앞섶을 두드렸다.

그거시 느그 신어미여.

엄마가 하나 더 생겼다

물항아리 속에서 돌아 나오는 골목길, 한 여자를 만났다. 그에게 나가는 길을 물었다

버스 길을 찾아 길을 돌다가 다시 마주쳤다. 얼굴이 없는 흐릿한 머리통. 여자의 반짝이는 구슬가방. 딸을 판 여자는 스치는 그의 말을 들었다.

팔고 온 것을 되가져오믄 온 길도 못 찾을 것이여.

찰랑이는 물항아리를 치마폭에 품은 채, 버스길 없이 하룻길을 무릎이 헐도록 기어 돌아왔다. 간수가 일렁이던 항아리 속에 능선이 아홉 자락. 하나 넘을 때마다 딸은 손가락을 하나씩 씹어대어 남은 것은 검지 하나. 죽은 엄마 대신 남은 엄마가 항아리에 물길을 두드려 주었다.

낮달의 맛은 짜고 써서 밤이면 낫처럼 고붓해지도록 말을 갈았다.

* 간水 : 습기가 찬 소금에서 저절로 녹아 흐르는 짜고 쓴 물.

제3부

설명서

파도가 타고 있었다 튜브들이 녹아 이글거렸다 삶은 감자를 발라 먹었다 묵은 말들이 아직 남아 있었다 눈 밑이 짓무른 짐승이 털을 핥았다 어린아이의 목소리를 내었다 증기가 높이 오르지 않고 해변을 태웠다 피가 빠르게 돌았다 가슴 속으로 뜨거운 바람이 들어간다 오래 일어나 앉지 못했다 파라솔 아래로 볕이 들이쳤다 발톱이 새하얀 사람이 찾아왔다 자릿세를 원했다 여름 사과 한 알을 꺼내주었다 사과를 파낸 흔적 위로 볕에 익은 게가 한 마리, 그리고 떼로 지나갔다 여름엔 갈매기가 북극으로 간다고 했다 뱉어두고 간 씨앗을 자갈밭에 심었다 바다를 마르지 않게 하는 법이라고 휘둘러 쓴 설명서를 읽어보려 했다 그림 언어로 된 책자를 문자로 바꾸어 해석하느라 감자 껍질처럼 어깨가 터지는 줄 몰랐다 쓰라린 살갗에서 싹이 텄다 그새 뿌리가 깊어진 모양이다 손톱으로 후볐다 발톱이 하얀 사람이 다시 찾아왔다 식물 세를 받아가야겠단다 엄지손톱 밑에 낀 푸른 빛을 가리켰다 비린 풀냄새가 연하게 퍼졌다 수확기가 멀었으므로 다시 그림 설명서를 펼쳐 소통을 시도하였다 자갈 모래를 파헤쳐 지니고 있던 귤 한 알을 건넸다

따끈한 즙이 터지고, 그는 씨앗을 뱉어내었다 뺨에 들러붙었다 '떼어내지 말고 그대로 붙여둘 것'이라는 휘갈겨 쓴 문장을 받았다 여름에는 갈매기가 오지 않는다 파도가 이글거리며 타고 있었다 뺨에서 싹이 텄다 둥지를 지을 만큼 자라게 내버려 두어야 한다는 충고를 들었다 폐의 온도가 올라갔다 숨이 나가는 동안 콧속에서 진물이 말갛게 흘렀다 소금을 핥는 혓바닥 안에서 염소의 냄새가 났다 자갈을 품어도 새가 되지는 않는다는 충고도 들었다 설명서는 옛날 영화처럼 노이즈가 일었다

오독

친숙함이 모두를 천박하게 해요. 코를 풀고 이를 쑤시고 생선 가시는 씹어요. 뱉어낸 가시에 살점과 가래가 엉겨 있네요. 흠을 견디지 못해 얼굴을 옆 사람의 목덜미 뒤로 감추는군요. 숙덕거리는. 미적지근하게 번지는 웃음. 사랑해야 하므로 고개를 주억거려요. 참을 수 없는 것은 없으나 불콰해진 얼굴로 타인의 머리통을 달걀처럼 품고 싶어요, 흐르는 식은땀. 품기 이전에는 마주친 적이 없는 머리통들에서 미열이 풍겨요. 즐탁하는 시간. 강하게 두드리시오, 발톱이 솟으려 해요. 목에 가시가 걸렸나 보다. 아니, 삼키던 가래가 기도에 걸렸어요. 부화하는 머리통. 짧은 문장은 읽지 못해요. 안긴 문장을 뱉고 싶어요. 할 줄 아는 건 계속 이어지는 중얼거림. 다른 한쪽 겨드랑이에서는 품던 알이 굴러떨어졌어요. 구토하세요. 맘껏 식도를 열어두세요. 우리 너무 오래 만났나 봐요. 당신의 패턴을 벗어야 해요, 아, 나는 생일이 없어요. 부모가 없는데 그런 날이 있을 리가요. 아침이라 여겨지는 어느 날, 해가 깊이 박힌 어느 시간쯤 문득 재생되는 날이라구요. 리셋, 재부팅. 일력을 다르게 기억하는 그런 시간이 있다는 걸 알게 되면요, 그냥 던

저졌음을 알게 되는. 생일이 없는 날이 날마다 복사되어 있어요. 보름달이 여러 날째 계속되는 걸 알고 있나요. 대충 아흐레쯤 되었나요. 다르게 기억할 수가 없는걸요. 북동쪽에서 조금은 핥아질 달을 보면서 가장 외로운 시간을 달래요. 짧은 문장들은 복사하기 쉬워요. 구토하세요, 머리통에서 미열이 흘러요.

오독

구토를 하였다. 꽃에 물을 주던 참이었다. 냉동감자를 전
자레인지에 넣어두었다. 타이머는 회전문처럼 매끈하게 돌
았다. 등을 기대고 있던 빈 벽이 옆으로 스러진다. 등 쪽에
서 손잡이가 딸깍딸깍.

거세된 당나귀의 목덜미는 따뜻하다. 땀과 소나기에 젖
은 셔츠에서 마른 풀 내가 난다. 위에서 토해낸 식물을 뜯
는 목구멍의 진동을 느끼면서 목덜미를 품었다. 초식동물
이 삼킨 엽록소가 꾸륵꾸륵 품을 타고 스몄다.

올라가시오, 빈 벽 아래로는 바닥이 없지. 건초에 소금물
을 적셔주세요, 무거운 지붕 아래 염소와 당나귀의 털에 물
깊은 땀이 찬다. 물길이 축사 아래로, 토사물이 흘러 엉긴다.

꽃에 물을 주러 지붕 위로 올라간다. 문을 지나면 여닫힌
흔적 없는 텅 빈 벽. 그곳에 머리통을 기댄 마른 염소, 소금
물을 뿜는 물꼭지를 허공으로 세운다. 너는 뿔이 있어 용감
하지 않을 틈이 없구나.

그래, 또 볕이 지나버렸네. 토해 놓은 가죽에 팔을 꿰며
서둘러 지붕 아래로 내려간다. 혼자 앓는 유리 난로의 불길
은 쉽게 어두워졌다.

오독

가정의 달

0. 인사말〈안전하고 행복한 연휴 되세요^^!〉

1. 오늘은 어린이날 기념으로 알림장을 쓰지 않았습니다.

2. 미션 : 〈음악 시간에 배운 '어머님 은혜' 노래를 부르며 만들 카드 전달하기와 활동지 미션〉을 내 주었습니다. 미리 눈치채셨어도 모르는 척 넘어가 주세요^^ ― 카드를 건네며 노래를 부르는 동안 영상전화는 음소거가 되었습니다. 속상해하지 마십시오. 그저 전동 사포질이 진행 중이었을 뿐입니다. 모르는 척 넘어가시면 영업팀에서 도면이 전송될 터입니다. 디자인 팀에서는 지금 제품의 단가에 맞추어 그림을 그리느라 제작팀의 전동 사포질 소리에 영상통화는 잡음으로 인한 통신장애입니다.

3. 숙제
― 수학 매일 학습지 2장 배부했습니다. 어린이날 제외하

고 4일분입니다. 채점 후 틀린 문제 고쳐서 10일(월)에 가지고 오면 됩니다. 학습지(1~4쪽)와 답지(5쪽)를 파일로 첨부합니다. (교육부에 저작권이 있는 자료이니 공유는 삼가 주시기 부탁드립니다.)만, 단톡방에 누가 답지 좀 올려주세요. 아이 책가방에서 폐지가 한가득하게 되었습니다. 텀블러가 덜 닫혔나 봅니다. 더불어 매일학습지 전송도 부탁드려요, 채점은 스스로 하게 해주세요. 아이가 아직 귀가 전이라서요, 이제 막 주차장에서 만났어요. 학원 차량 선생님이 수학 담당이시라면서요, 고학년 수학 수업은 언제 시작하나요, 지금 차량 지도 중이라 확인이 어렵습니다. 그걸 맞고만 있다니, 너 바보구낫! 다친 곳에서 돋던 이쁜 싹은 순식간에 독에 맞았네요. 순도 높은 애정으로 인해 채점은 아이 스스로 해야지요. 싹이 다 노래졌다고 파묻힌 씨앗까지 노래졌겠나요, 아아, 저는요, 이미 뿌리와 첫 이파리가 되었는데요, 그저 미안해서 맞았더니 이쁜 싹이 올라왔었어요, 지금은 누래져서 그냥 없어졌어요— 채점은 누가하지요, 이미 어려서 답지를 볼 줄 모르는걸요. 애야, 우리는 풀 줄 모른단다, 많이 다르네요, 풀이 방법 아시는 분, 톡방에 답변 좀요. 영업팀에 저작권이 있는 도면이니 공유는 법적인 결과가 따를 것입니다.

  ─ 독서록 3편 이상: 도서관에서 빌린 책 읽고 독서록 쓰기(〈화요일에 두꺼비〉 읽기는 이번 주가 마지막 주입니다. 아직 다 못 읽은 친구들은 연휴 동안 다 읽을 수 있도록 지도 부탁드립니다.) ─ 연휴 기간은 다 놓으면 싶은데요, 24시간 출동 서비스와 다름없지요, 자정이 지났는데, 당신은 아직 해먹 위에 계시겠군요. 디자인 팀에서는 마케팅 능력이 뛰어나요. 늘 원자잿값을 의심해요. 매출에서 세금 비용을 계산해야지요, 순익은 인건비를 올려주어야 해서 생각할 여력도 없어요. 영업팀은 지금 원자재 생산공장에 가지 않아요. 발주처와 심야 미팅 중이지요. 그들의 품목은 저의 영역이 아니랍니다. 제작팀에서 다시 외부 발주를 주셨다구요, 연휴를 보내고 싶었을 뿐이랍니다. 도면은 잘 풀어야 연이 높이 오른단다, 빙빙, 도르르.

  ─ 도덕 체크리스트: 지난주 금요일부터 시작한 〈최선 마

라톤〉 자기 실천 평가가 있습니다. ― 최선을 다해 달리는 일은 폐가 찢어지면서 핏물이 올라오는 일이라지요, 득음을 했어요. 더 이상 아내는 없는걸요. 해먹에서 보내는 새벽은 늘 시리고 아픈 콧등.

배움공책에 표를 만들었는데, 안 했거나 결석한 친구들이 있어 오늘 학습지를 다시 나누어 주었습니다. (공책에 제대로 한 친구들은 학습지를 가지고 가지 않았습니다.) 5월 9일(일)까지 매일 실천하고 5월 10(일)에 가지고 오면 됩니다. ― 죄송합니다. 책가방을 열어 본 지 오래여서요, 수기계산서는 분실했어요. 조세 불복을 할 근거는 이체 내역뿐인데 그렇게라도 긁어서 보내드리면 되나요, 네. 급여보다 쓴 금액이 많은 건 어찌할 수가 없어요. 아이들이 온종일 집에 있어요. 어쩌다 보니 중독시킬 수밖에 없었어요. 그러는 동안에는 밖에 안 나가도 되거든요. 닳아서 버린 샌딩페이퍼 위에 그림을 그리며 노는 일은 더 이상 창의적이지 않거든요. 배움공책 비어 있는 날짜들은 다 함께 뒷산으로 구경가거든요. 고가다리 기둥의 웅장함과 포클레인의 검은 배기가스가 매우 아름답지요. 강철 상판을 올리고 난

뒤의 기중기가 세 조각 네 조각 분해되어 이동되는 모습은 장관이거든요,

 (중요) 4. 5월 10일(월)은 '생태교육'이 있어 6교시 후 하교하고, 대신 5월 11일(화)에 5교시 수업을 합니다. 자세한 내용은 주간 학습을 참고해 주세요. 이번 주 주간 학습 아래 다음 주 내용이 함께 있습니다.)

 (중요) 5. 〈학교장 재량 휴업일〉도 '건강 상태 자가 진단'을 꼭 해주셔야 합니다. 휴일에 번거로우시겠지만 부탁드립니다.

 모바일 웹에서 보냅니다.

오독

　쉼표를 읽지 못하는 일이었다. 설명서의 활자는 8포인트 이하. 목구멍으로 들깨알 같은 글자들이 우수수 몰려나왔다. 토하는 것들을 쓸어 담기 위해 ctrl+Z. 식도로 내려가지 못하고. 다시 몰려나오고, 다시 한 움큼 집어넣어. 들락이는 동안 알에서 싹이 돋아났다. 그 비린 식물의 줄기와 잎자루 사이에서는 꽃이랄 것도 없이 쉼표들이 쏟아진다. 숨구멍을 타고 올라가는 노린재, 오각형 등딱지에서 구린내가 풍긴다- 머릿수건을 벗어 던졌다. 김이 피어오른다. 작업 중이던 레이어를 ctrl+Enter 하시오라는 문장을 읽지 못한다. 달이 두 개로 떠오른다.

　쉼표를 읽지 못하는 일이었으므로 온전한 고리를 만들던 푸른 무늬의 빨판 안에 들깨알들을 심어 넣었다. 도리깨를 내리치듯이 Enter, ENTER, ctrl+Z, art+ctrl+Z, Z, Z, Z,,,,,,, 거무튀튀한 것들이 뒤로뒤로. 머릿수건 위로 노린재와 8포인트 활자들. 미간에 주름을 세웠다: 옜다, 머리가 어지러워서, 세금 내려면 잔고가 있어야 되어, 라고 던지던 빈 통장을 넘겨보고 넘겨보고. 깻단은 두들겨 맞다 말고, 그라목손의 잉크는 다 바랬다. 포인트의 크기와 상관없이 인쇄지는 허여멀겋다.

　꼬리를 길게 잡아빼다 끝에 가서야 고리를 만들던, 곁이
없는 도둑고양이의 궁둥이 밑에서 집어 온 집고양이를
alt+ctrl+Z, Z, Z,,,,,,

박수를 치는

목차에 있는 사람이 인사말을 하였다 그는 허리를 굽혔고 박수가 터졌다 그때 그는 기둥에 가려진 의자에 앉아 딱지를 뜯고 있었다 박수를 치세요! 모르는 자가 말하였다 딱지 책을 낚아채 돌돌 말아쥐었다 그도 기둥에 가려 목차를 다 볼 수 없었다. 그는 말아쥔 딱지 책을 통통 소리 나게 두드렸다 목차를 향해 휘파람을 길게 날린다 허리를 펴던 목차는 다시 깊게 숙였다 끄덕끄덕 사람들 사이를 헤치며 홀 밖을 향해 나아갔다 악수도 하였다 어깨를 토닥였다 맞절도 하며 사라졌다

딱지 책에선 뜯다 만 딱지들이 덜렁거리다 팔랑거렸다 박수도 안 치면서 여기 왜 있어요? 기둥에 가려진 그는 목차 안의 사람에 대해 알지 못한다 알지 못하므로 딱지들을 빼앗겼다 이웃들이 염소처럼 풀만 뜯지 않는 일에 분노하고 있었다 그는 과제를 하느라 두 끼를 굶었다 그는 맥이 없어 딱지 책을 돌려받지 못하였다 덜렁거리다 떨어지는 딱지들이 부끄러움에 분노하며 팔랑였다, 밟히는 딱지들을 버려둔 채 한 끼니 더 굶기로 결심한다

돌아가는 버스 정류장은 매우 멀었다 걷는 동안 검은 현

기중이 덮쳤다 사이렌이 울린다 횡단보도 앞에 도착하기
전, 신호등 색깔이 바뀌었다 모퉁이를 돌지 않아 정류장은
목록에서 없어졌다 영하의 황사는 습도가 낮은 모든 곳에
서 돌아 나왔다 사람들이 어깨를 툭툭 치며 같은 말들을 한
다 목차를 잊지 않기 위해 주머니를 더듬는다 목차가 모서
리를 강하게 주장한다 검지로 꾹꾹 눌러도 핏기 없는 얼굴
에선 땀이 오르지 않는다 검은 신호등 앞에서 불이 들어오
기를 기다린다 뜯던 딱지 책은 쓰레기통에 처박힐 것이다
박수를 치지 않은 그는 휘파람을 날리던 그에게 쫓겨났다
죽은 신호등 앞에서 치부책을 쓴다 버스가 지나가며 손바
닥에 새로 후벼 판 딱지들이 날린다 박수를 치세요, 휘파람
을 부세요, 목차에 예를 갖추세요

소문을 잡숫는 거대한 입술에서 알지 못할 것들이

뽑히고 세탁되었다. 뜯긴 깃털들이 김을 올리며 땅에 묻혔다. 날개를 지닌 자는 쉽게 식욕이 당기는 날것이 되어 불에 익혀졌다. 먹어 치우는 붉은 입술들에서 흐르는 기름기. 떨어지는 핏물. 발화자를 알 수 없어 여러 귀와 입들이 하나처럼 움직였다. 다 익기도 전에 고기가 계속해서 접시에 담겼다. 이 종아리는 왜 이리도 긴 것이냐고 누군가 말하였다. 이 팔꿈치는 몸통에 붙어 있는 각도가 달라 어깨가 없음을 알아챈 이도 있었다. 다른 한 사람이 말을 받았다. 입술을 닦아내며 이것의 깃털들은 어찌 땅에서 싹을 틔워내는 거냐고 무리 중 아무에게나 물었다. 가랑이를 뜯던 족장은 생식 능력을 지닌 것으로 여길 수 없는 두덩뼈를 마저 씹으며 말하였다. 이것엔 조류의 기름샘이 없다며 그것을 도려낸 자를 찾아 토해낼 것을 바랐다. 부리를 뽑아 잘근거리던 누군가가 하나처럼 팔랑이는 그들의 귀에 속삭였다. 조류가 아니며 영장류는 더욱 아니며 멸하지 않을 접시 위의 고기일 뿐이라고. 모두 고기를 삼키느라 같은 자모음으로 발화하며 고개를 주억거렸다. 소문을 잡숫는 거대한 입술에서 알지 못할 기운이 퍼져나갔다. 다들 제 몸의 터럭들을 감추느라 옷깃을 여미고 양말을 길게 올렸으며 빗겨 썼던 모자를 바르게 세웠다. 음절이 다르게 형성되어 씹고 삼키는 소리를 이해하지 못하기도 하였다. 배부름에 취한 그들은 서둘러 닭이었을 뿐이라 기록하였다. 빈 접시 위에서 발화의 싹들이 무성해졌다. 어깨가 처진 누군가를 가려내던 손가락들을 겨드랑이 밑에 감추었다. 깃털 빠진 손을 들키고 싶지 않은 무리들이 곤달걀 속에 갇힌 듯이 겉잠에 들어 몸이 저려왔다.

젓갈스러운

　엄마처럼 해보았다, 문 앞에 세워두기. 아무도 데리러 오지 않았다. 익숙한 계단 아래와 위는 어둡고 그림자가 움직였고 알지 못하는 것들이 바스락거렸다.

　아빠처럼 해보았다. 머리채를 잡던 손으로 튀김 주걱을 들어 올렸다. 담 마당 안의 또래들은 금세 조용해졌다. 다음 장면에 대한 기대감이 부풀어 올랐다

　할머니처럼 해보았다. 나온 모습 그대로 껍질을 벗겨서 물에 던져 넣었다. 양수를 마시고 폐가 부풀어 올랐다. 수온에 부푼 부레가 터질 지경인 양식장에서 반짝이는 비늘들이 아름다운 향을 내었다.

　삽화 없는 동화책에 그림을 그려 넣을 때 귓속이 번들거렸다. 입이 뜯겼을 때 계단 아래위로 몸통이 굴렀다.

　손이 닿지 않는 높은 곳에, 의자를 딛고 올라서도 닿지 못하게 너덜거리는 그림책을 던져 넣었다. 양수를 삼키고 젓갈처럼 향내를 풍겼다. 간혹 목구멍에서 곰삭지 못한 황새기 아가미가 뺄쭉거렸다. 거기에 입을 대고 쪼옥 내장을 빨아먹었다.

　썩지 못하게 소금을 더 쏟아 부었다

영화를 보러 간 건 아니다

펄럭이며 가라앉았는데. 앞으로 길게 빠지는 목. 등껍질을 뒤집어쓴다. 눈의 침묵을 즐기기로 한다. 위층에서 부주의한 팝콘이 쏟아진다. 무게들이 후드득 떨어진다. 이어폰 줄을 손가락에 감아둔 채 명암을 감상한다. 스크린 안에서 울리는 것은 달리는 열차가 아니다.

갈등을 주체하지 못해서 뺨을 후린다. 옷자락을 당기며 매달린다. 젤리를 씹는 손가락, 혀를 밀어 넣으며 키스. 얼굴을 움켜쥐고 목덜미를 쥐어뜯으며 흐느낀다.

뒤를 돌아보는 경직된 기척을. 눈이 마주치도록 모자를 들어 올리며 싸악 웃는다.

팝콘이 쏟아진다. '나는 오늘'로 시작하는 문장은 '오늘 나는'으로 시작하지 않는다. 선택하지 않은 '너와 함께'는 둘 곳이 없다. 젤리 곰은 혓바닥을 피해 달아난다. 스크린 모퉁이에 몸을 굴린다. 객석 위층에서 빨대가 떨어진다. 진공청소기가 배경음악을 편곡한다. 휘어진 모가지를 젖히며 위를 올려다본다. '오늘' 말고 '나는'으로 시작하는 문장을 적는다.

헛바닥을 뱉어 봐

탁자 위의 손톱들은 서늘하게 눈부시지

접시 위에 과일들은 향긋하지

얇고 길게 껍질을 벗겨야 하지

그건 지루해, 뻔한 속임수

과일은 속지 않아, 손톱자국을 낸다고 놀라지 않아

손가락들을 산란하게 휘둘러야 하지

짐승은 조작할 수 있어, 염소들이 튀어나오지

춤을 추고 있어 손톱은 찰랑거려

염소들이 달아나

빚어진 짐승들이야,

내장이 터진다 아, 아.

너는 껍질인걸.

추는 줄톱날을 막아서는,

탁자 위의 헛바닥을 베어버려.

털가죽이 해체된 어린 염소들이야, 지독한 앞니를 보렴

추는 헛바닥은 속지 않아

언니들은 깎인 수염들을 긁어모아

덧니를 가지런히 뽑아 놓은 아이, 껍질이 벗겨진 염소를

쓰다듬고 있어

　갈색으로 말라가는 묵은 껍질들이 아직 목구멍 안에 있어

　헛바닥은 뱉었어, 향긋한 피기름내

이상한 초대

냉동실을 열어요. 허기가 맛있어요. 수북수북 담아요. 접시는 작아요. **오늘 밤부터** 속삭이면 싫어요. **중부 서해안을 중심으로** 후두염을 앓는 중이에요. 속삭일 때는 호흡에 더 많은 정성이 들어가야 해요. 큰소리로 맛나게 먹어요. 제초제는 무서워요. 데쳐낸 비듬나물에는 온기가 있어요. 꺼낸 고기들은 **많은 슬러시가 예상되겠습니다.** 불 위에 올렸어도 얼음이 씹혀요. 보온 밥솥 안에는 통마늘이 삶아지고 있어요. **계속되는 꾸덕진 날씨로** 불에 그을린 냄비 안에 식은 밥이 타고 있어요. 오곡밥을 담아요. 콩 누룽지가 끓고 있어요. 금요일이 되기 전에 **하수구 계량기 파손 사고에 대한** 시를 써야 해요. **도로 슬러시로** 둑이 무너지는 걸 보아요. 커피를 마시며 홍수에 쓸려가는 지붕을 감상해요. 당신이 먹이지 않는 것들에 대해서는 말하지 않기로 해요. 물 위에 뜨지 않아서 폐사한 건 아닐 거예요. **미끄럼 사고에 유의 바랍니다.** 발과 다리가 엉겨서 모두 압사했는걸요. **내 집 앞** 마지막 손님이군요. 탁자 위에 남은 음식들은 가져가세요. **오니 쓸어내기에** 음식물 쓰레기봉투가 이미 꽉 찼어요. 먹지 않을 것들은 혀가 말하기 전에 이미 배부르게 해두었어요. 당신이 오지 않는 일주일 동안 근사한 벗들을 챙겨서 대접해 드렸어요. 복구 현장에서는 **동참해주시기 바랍니다.** 진흙에 미끄러져도 허리춤을 잡아당기면 안 돼요. 도시청 유권자들이 화면을 보고 있어요. 식탁 밖의 것들은 기르지 않아요. **행정안전부** 냉동실과 냉장실을 오가던 음식들은 다 비워냈어요.

〈안전안내문자〉 오늘 밤부터 중부 서해안을 중심으로 많은 슬러시가 예상되겠습니다. 계속되는 꾸덕진 날씨로 하수구 계량기 파손 사고와 도로 슬러시로 인한 미끄럼 사고에 유의 바랍니다. 내 집 앞 오니 쓸어내기에 동참해주시기 바랍니다 도시청 행정안전부

염소는 사과를 먹지 않아요

복숭아는 더욱 안 먹어요.

입술에 묻은 팥빙수를 핥으며

손바닥을 펼쳐 소근거려 주어요.

나는 낯을 가려요.

매실도 안 먹어요.

오디도 먹지 않구요.

긴 수염을 쓰다듬어 주세요.

제 두상은 뒤집어졌어요.

내려놓지 않고 띄워야 하는 풍등처럼.

대롱대롱 매달린 알전구 안에서 모래 알갱이들이 흐르
네요.

아, 바람에 가볍게 흔들리는 그것은

벌레들이 파먹은 흔적이네요.

잠의 사막에서 흘러내리는 모래인 줄 알았어요.

정수리를 긁어주세요.

가볍게 손바닥으로 쓰다듬으면서

손끝으로 살짝 두피를 비벼 주세요.

뿔이 자라느라 가렵거든요.

딸기향 아이스바를 주세요.

얼굴을 알아보지 못하더라도 삐지진 마세요.

당신의 냄새와 발목에서 올라오는 기울기로 알아보거든요.

아, 제 눈동자에 길게 누운 호라이즌을 알아봐 주서서 고마워요.

다를 뿐이거든요.

이제 팥빙수가 다 녹기 전에 마저 먹을래요.

당신은 정수리를 마저 긁어 주세요.

오독의 기록 혹은 생성된 얼룩에 관하여

김효은

(시인, 문학평론가)

이 글은 오독을 위한, 오독에 의한, 오독의 한 결과물이자 예시문이다. 그러므로 이 글은 표준화된 해설, 해독, 해석을 제공하는 일에 복무하지 않는다. 시집 『더께』는 비평가의 상찬이나 주해를 요하지 않는다. '김이녘'이라는 필명 그리고 시집의 첫 번째 시에 나오는 "문어"처럼 "초서체"만을 남기고 작가는 숨어버렸다. 텍스트는 단지 당신의 오독을 기다린다. 텍스트는 '당신의 오독으로 완성 되기' 직전의 상태로 존재한다. 당신은 이 시집 어딘가에 있는 구멍을, 사라진 '얼굴'들을 찾아내 퍼즐을 맞추면 그뿐이다. 이 시집은 그러므로 잠재태, 잠재성으로 존재한다. '잠재성(virtuality)'은 그러나 엄밀히 말하자면 미완의 것이 아니다. 들뢰즈에 의하면 잠재성의 본질은 실재성을 포함하며, 과거적이고 이념적인 실재가 바로 잠재성, 즉 잠재적인 상태라고 할 수 있다. 잠재성은 실재적인 것에 대립하는 '가능성(possibility)'과도 다르고 현실적(actuel)인 것과도 다르지만, 그것은 차이와 발산과 분화를 통해 현실화된다. 들뢰즈에 의하면 잠재적인 것(the virtual)은 반복과 차이에 의해 생성되며, 이는 프루스트적인 것이다. 김이녘의 시집은 잠재성의 시집이다. 독자가 그녀의 텍스트를 읽는 순간, 텍스트도 독자도 다른 생성의 변이와 진행을 겪게 된다. 시집에 수록된 모든 텍스트는 주관적이고 과거적이므로, 읽기는 당연히 현재의 오독으로 점철된다. 이 시집의 시적 주체, 발화 주체는 이 시집을 읽고 있는 지금 여기의 독자인, 바로 당신이다. 당신이 반복과 차이의 '더께'를 생성해 내는 단 한 사람의 주체이다.

망망대해 한가운데 '검은 섬'이 하나 '잠재적'으로 떠 있다. 다만 지금 여기, '검은 섬'에 입도한 당신이 바로 이 섬의 주인이자, 시집 『더께』의 주인 기표가 된다. '검은 섬'에 입도한 당신을 환영한다. 동시에 미지의 당신에게는 삼가 조의를 표한다. 먹먹함과 우울감과 구토와 현기증은 창의적인 '오독'에 뒤따르는 신체 반응이므로 유의하시라. '검은 섬'에 들어온 이상, 당신은 당신의 주머니에 담을 수 있는 것은 담고, 버릴 수 있는 것은 버리면 그만이다. "그리운" "얼굴들"과 같은 "낱말"들을 떠올려 보라. 당신의 지각(percept)과 정동(affect)이 이 시를 완성한다.

옥토퍼스, 떨어지고 있었다.

초서체로 흘려놓은 연체동물이 골목으로 번졌다.

너는 무엇의 가시 없는 짐승일까.

같은 낱말을 함께 쓰던 얼굴들이 그리워졌다.

—「검은 섬」부분

우선 첫 시「검은 섬」으로 들어가면, '문어'(文魚, 文語)가 당신을 숨통을 옥죌지도 모른다. 심호흡과 준비 운동을 충분히 해야 공황과 충격에 대비할 수 있을 것이다. 그러나 그 놀람의 정동이 또한 '더께'의 지층을 만든다. 조각난 기호들만이 '검은 섬' 이곳저곳에 비밀스럽게 흩어져 있다. 1인용 섬 탈출 게임이 시작되었다. 당신 외에 다른 인적은 없다. "문어"의 위장술을 뛰어나고 원저자라 부르는 시인은 아마도 자신을 보호하기 위해 어딘가에 깊숙하게 잠적했을 것이다. 텍스트를 다 읽고 난 이후에도 당신은 시인에 대해 유추하기가 쉽지 않을 것이다. 시인은 텍스트 바깥으로 꼭꼭 숨어버렸기에 행간에서조차 그의 족적을 찾아내는 일은 애당초 불가능해 보인다. "문어"는 알을 낳으면 식음을 전폐하고 그 알들을 보듬는 데 모든 에너지를 쏟는다고 한다. 암컷 "문어"는 알이 새끼로 부화하면, 장렬하게 생을 마감한다. 시인의 '마감' 역시도 시들을 낳고 보듬고 엮어서 시집을 한 상 차려 세상에 내어놓으면 그뿐이다. 시인은 '김이녘'이라는 기표만을 허물처럼 남기고 '더께'의 뒤안길로 사라졌다.

한편 '검은 섬'의 미로와 퍼즐의 큰 틀은, 수북한 "낱말"들과 "빈 주머니들", "거울"과 "거울"의 조각들, 알 수 없는 기호와 소리들로 파편적으로 설계되어 있는 것을 알 수 있다. 기호의 파편들은 시인을 포함한 누군가의 실종, 하나의 '사건'을 입증하는 일말의 단서들이다. 이 시집을 펼친 당신은 이제 실종 사건, 혹은 살인 사건의 (범죄) 현장에 들어선 셈이다. 미지의 '검은 섬'에 막 도착한 당신은 죽은 대상의 얼굴과 그 사인을 찾아야 한다. 시신의 사라진 얼굴(들)과 신원, 유서 또는 살해 도구, 기타 증거물들을 찾아야만 당신은 이 섬을 빠져나갈 수 있다. 먹물이거나 바람이거나 혹은 "문어"가 슬어놓은 작은 알들이거나, 어쩌면 독약이거나 폭탄일 수도 있는 알 수 없는 "기호들"이 당신의 해독을 기다리며 곳곳에 숨어 있다. 그러나 일부 증거는 인멸되거나 훼손되었다. 만만치 않은 숨은그림찾기, 미로찾기, 탐정놀이, 게임은 지금 막 시작되었다. 이처럼 김이녈의 시집『더께』는 불완전하고, 다소 복잡한 미완의, 미스터리한 텍스트이다. 독자인 당신이 '더께'를 들추거나, 더 쌓아올리는 형식으로 마지막 퍼즐을 완성해야 한다. 고로 이 시집은 비정형의 여전히 '생성' 중에 있는, '오독'으로 실재화 되는 잠재태의 한 '실험'의 텍스트라 할 수 있다. 자유롭고도 분방한 그러나 지독한 '오독'으로 인해 당신은 또 하나의 '더께'로 기입될 예정이다. 상흔인지 방어막인지 두꺼운 각질인지를 알 수 없게『더께』는 잠정적인 '책'의 형식으로 존재한다. 섬에 입도한 당신이 '더께'의 아래, 심해 어디까지 도달할 수 있을지, 혹은 '더께' 위에 '더께'를 탑처럼 쌓아 올릴 수 있을지는 의문이다. '오독'誤讀의 '더께'로 쌓아 올려진 언어의 옥탑屋塔, 그 옥탑屋塔 위에 옥탑屋榻, 그 위에 더 아슬아슬하게 흘어져 있는 낱말들이 첨탑 위에서 눈부시게 빛날 것이다. 그러나 지나친 빛의 반사는 오히려 독서를 방해한다. 그럴 땐 눈을 감고 음성지원서비스를 사용해도 된다. 퍼즐 조각들, 그것들은 무언가를 흩뜨리면서도 반사를 통해 소리를 만들어 내고 새로운 기호들을 만들어 이를 발화한다. 그것들은 탈의미화, 탈영토화, 탈코드화를 시도하는 동시에 의미화, 영토화, 코드화의 족적을 남긴다. 어쩌면 그것들은 지나온 과거들을, 먼지를, 잉여를, 결핍을, 상처를, 고통을, 기억을, 누군가에 의해 파괴된 흔적들을, 미래까지도 편린片鱗의 형식으로 반향한다. 텍스트 안에 다양한 목소리로 잔존하는 그것들의 발성을, 발화를, 마지막 메시지의 조각들을 맞추고 재구성하는 것은 오로지 독자인 당신의 몫이다.

『더께』를 시인의 첫 시집이라고 규정하는 것 또한 이 시집에 켜켜이 겹쳐진 '더께'를 부정하는 일이나 다름없다. 이 시집에 수록된 작품들은 저마다 '더께'의 역할을 하고 있다. 각각의 개별 작품들이 저마다 한 권의 단독 시집처럼 독립적이다. 한 권을 통달하는 핵심 주제나 시인의 일관된 정신, '더께'의 구성 인자들은 전부 다 달라서 통일된 세계관이나 테마, 기획된 의도를 찾아내는 일은 애초에 불가능하다. 하나의 단일한 사상이나 총체성을 드러내는 어떠한 구심점도 이 시집에는 존재하지 않는다. 이 시집은 개별적이고 독특하고 난감하다. 서로 다른 '더께'들의 시편들이 50여 편 각각 따로따로 들끓는다. 이 '검은 섬'은 서로 다른 이질적인 메뉴들로 부글거리는 거대한 식판이다. 서시에 해당하는 「검은 섬」에서부터 마지막에 실린「염소는 사과를 먹지 않아요」까지 수록된 모든 텍스트들은 단독적인 하나의 메뉴만을 보여준다. 감상과 해석은 오롯하게 독자들의 몫이다. 취향도 미각도 소화력도 저마다 다를 수밖에 없으므로 텍스트는 오독의 테이스트taste를 존중한다. 다시 한번 밝히지만, 이 글은 독자를 위한 길잡이나 해설문이 아니다. 주제 비평이나 작가론도 아니다. 단지 하나의 오독誤讀의 결과물, 기록물에 지나지 않는다. 이 글 또한 하나의 '얼룩'이자, '더께'로 남을 것이다. '더께'의 '더께'로 흔적의 흔적으로 존재하길, 혹은 사라져도 좋다.「시인의 말」에 기대자면, 독서를 통해 얻게 되는 "의미"란 결국 "한 사람에게 읽힌 하나의 얼룩"으로만 존재하며, 이는 오독에 의한 하나의 덧칠, 냄새의 종류와 얼룩의 무늬만 다를 뿐, 결국 '더께' 하나를 덧쌓는 일에 지나지 않게 된다. 그렇다면 필자만의 유일무이한 『더께』의 판본을 완성하기 위해서는, 우선 김이녘의 시집 『더께』를 꼼꼼하게 오독해야 할 일이다. 필자만의 상상적 독법으로 『더께』를 자유롭게 그리고 방종하게 '오독오독' 씹어먹어 보고자 한다. 어차피 정답도 해답도 없는 회로들, '검은 섬'에 들어가 그 섬에서 길을 잃고 마음껏 헤매보는 일은 읽는 자의 몫이고 오독의 경험을 기록하는 일 또한 자유일 것이므로. 자, 우선 이번 시집의 서시序詩에 해당하는「검은 섬」의 미로를 탐닉하거나 헤매어 보자.

손안에 덩어리가 흡착되었다.
여전히 허리춤에는 주머니가 문어 대가리처럼 덜렁거렸다.

가슴 근처에 빨판처럼 들러붙어 주머니는 쉽게 떨어지지
않는다.

타인들이 섬에 버리고 간 빈 주머니들이 바람에 젖어 펄럭
이고 한 곳으로 흘러갔다. 폐기될 수 있는 것들이라니.

비우지 못한 것들을 매단 채 너는 같은 테이블 앞에 앉아 있
게 될 것이다.

비에 흘러내리는 초서체를 읽지 못하여 기어가다 죽어버린
것들을 옮겨 적었다.

옥토퍼스, 연체동물, mollusca, 文語, an octopus trap, 그
리고 섶돌.

섬새가 뜨기 전 분리수거할 수 없는 주머니를 뜯어 일반쓰
레기통에 던져 넣었다.

빨판 자국이 검게 남았다.

전사지의 다른 쪽 날개처럼 몸이 펄럭였다.

바람이 따라붙으며 섬어하다.

너는 같은 의자에 앉아 아직 메뉴판을 들여다보고 있을 것
이다.

　　　　　　　　　　　　　　　　　　　　　　　—「검은 섬」 부분

"섬어"는 섬의 전언을 혹은 알아들을 수 없는 "섬어"織語들
을 들려준다. "검은 섬"이 들려주는 발화들, "검은 섬"의 "초서
체로 흘러놓은" 세밀하지만 다소 추상적으로 흘러 쓴 문자들
을 읽어내는 일은 오로지 독자의 몫이다. 독자가 지닌 문해력
과 상상력에 달려 있다. 이 시 역시 오독을 요하는 텍스트이

다. 시적 주체는 단지, "검은 섬"에 입도한 당신에게 식사 주문과도 같은 독서를 권한다. 메뉴판에는 다양한 기호들이 새겨져 있다. 이를테면 "옥토퍼스, 연체동물, mollusca, 文語, an octopus trap, 그리고 섶돌"과도 같은 낱말들. 텍스트는 "빈 주머니"의 허기와 결핍을 장착한 당신이 "테이블 앞에 앉아", "메뉴판을 들여다보고", 음식을 주문하고, 그 음식을 해독하면서 맛있게 흡입하기를 기다린다. 가시는 없지만, 다수의 흡반과 다리가 있는 이 짐승은 다름 아닌 '문어'文魚인 동시에 '문어'文語이다. "가시 없는 짐승"인 그것은 흡사 시인을 닮았다. 위의 텍스트는 "초서체로 흘러놓은", "비에 흘러내리는 초서체", "낱말들"로 쓰여진 "文語"로서의 텍스트, 유희의 텍스트이다. 탈출을 위한 비밀 암호는 읽어야 풀리는 것으로, "읽지 못하여 기어가다 죽어버린 것들"의 잔해에 대해 시인은 목격자인 듯 묘사한다. 그 존재들이 문자들을 해독하고 읽어 낼 수 있었다면, 살아남았을지도 모를 일이다. 한편 시적 주체는 이승과 저승을 가르는 경계로 "그넷줄"을 묘사한다. "그넷줄" 너머에 있는 "그림자"의 사람들은 메뉴가 분명한 "옥수수 술과 찰떡과 흰 밥을 나눠 먹"으며, 단지 몸짓으로 "한 덩어리"의 그것들을 "나"에게 건네줄 뿐, 이쪽 세상에 있는 "나"에게 말을 걸거나 글을 통해 소통하려 하지 않는다. 그러므로, 문어, 글자들, 단어들, 발화들 즉 기호와 문해의 음식들은 오롯이 이 세상의 음식, 이 세상의 메뉴로만 존재하는 것이다. 살아있는 자에게 제공되는 오독의 텍스트인 셈이다. 하물며 "섬어"라 할지라도, 그 "섬어"의 무늬를 읽어내고, 기호의 소리를 들어주는 일은

'더께'를 한 겹 더 쌓아올리는 일이 되는 것이다. 다음의 시편에서도 "섬어", "글자들", 문자들에 대한 이미지와 진술은 이어진다.

> 꼬리 끝에는 무늬들처럼 글자들이 박혀 있다.
> 읽으며 제 꼬랑지를 뜯어 먹고는 쉽게 고단해진다
> 아무 곳이나 드러누워 자고 일어나 풍랑처럼 휘청이는 큰 나무를 구경하였다.
> 그리곤 꼬리 없음이 생각났다. 까무룩해진다.
> 파먹은 글자들이 목구멍에서 꾸물꾸물, 뒤부터 기어 나왔다. 섬어들.
>
> ― 「장마」 부분

위의 텍스트에서 "섬어"는 한자어 섬어譫語로 주석처리 되어 있다. 앞의 시 「검은 섬」에서는 '섬어'纖語로 주석 처리되었지만, 시의 본문에는 두 작품 모두 '섬어'로만 표기되어 있다. "섬어"는 다의적으로 읽어도 무방하다. 섬(島)의 말(言), 혹은 섬어纖語와 섬어譫語, 어떤 뜻으로 읽건 간에, 시적 주체가 하고 싶은 말은 비밀의 형식으로 전달된다. "포장지 안에" "차 있는" "냄새"들, "검은 곰팡이"들, "머릿속에서 쥐"가 날뛰는 두통이거나, 환각들, 어쩌면 무의식의 향연들이 자아낸, 비명들이거나, 신음들, 구조를 바라는 신호들, 징후들, 중상들, 꼬리에 꼬리를 문 통증들, 혹은 구토를 자아내는 오물들, 시인은 자서自序에서도 말한 바 있지만, 그것들을 읽어내는 작업들을 또한 '오독'이라고 명시하고 있다. "꼬리 끝에는 무늬처럼 글자들이 박혀 있"지만, 그 꼬리의 문자들을 독자인 당신이 해독하기란 쉽지 않을 것이다. "꼬리"는 처음부터 존재하지 않았기 때문이다. 단지 "파먹은 글자들이 목구멍에서 *꾸물꾸물*", 벌레처럼 "기어나오"고, 그것들은 모두 "섬어들"이라고, 시적 주체는 스스로 진단한다. "섬어"譫語란 일종의 섬망譫妄 증세와 유사한, 헛소리, 잠꼬대, 앓는 사람이 정신을 잃고 중얼거리는 말 등을 의미한다. 시인이 부려 놓은 말의 꾸러미들 우리가 시라고 부르는 창작물 역시도 그것들은 종종 섬어처럼 공중에 부유하거나, 역겨운 냄새들과 곰팡이들, 미생물들, 배설물과 토사물로 들끓어 구토 또는 고백을 유발하기도 한다.

> 젖은 음식물쓰레기 더미에 구더기가 한가득이네요
> 케이블카를 타고 왔을 뿐인데요.
> 오늘 당신은 불안해 보이네요.
> 자, 이제 숨겨둔 고백을 할 때가 되었어요.
> 난간에 걸쳐두었던 발가락들에서 물감이 뚝뚝 떨어지기 전에요.
>
> ─「케이블카」부분

아름답고 고상하고 향기로운 예술작품들만이 세상에 존재하는 것은 아니다. 초파리가 들끓고 구더기가 꿈틀대고 시체가 썩어 문드러져 추깃물 범벅인 오물의 텍스트라 할지라도 독자가 그 안에서 의미를 추출하면 그것은 자체로 숭고한 텍스트의 미학을 완성한다. 진술 주체는 "케이블카를 타고 왔을 뿐인데", 눈앞에는 온통, "구더기가 한가득" 펼쳐져 있다고 고백한다. 이 시에서는 "난간에 걸쳐두었던 발가락들"조차 누구의 발가락인지도 사실상 중요하지 않다. 다만, 누구인지 모를 당신의 "불안"과 이제 "고백"의 "때"가 도래했다는 전언만이, 이 시에서는 발화의 기능을 수행한다. 특별히 아름답거나, 신선하거나, 재기발랄한 텍스트는 아니다. 인생의 가치나, 교훈, 감동을 주지도 않는다. 케이블카, 산장, 우유, 음식물쓰레기, 구더기, 난간, 입마개, 발가락, 그리고 액체처럼 "흐르는 당신"만이 기호들로 놓여 있을 뿐이다. 위의 상황을 상상하거나 그려보면서 독자는 독자의 "케이블카"를 타고 독자의 "산장"에 도착하면 된다. 변기에 '샘'이라는 제목을 달 수 있는 권한은 작가에게만 있지는 않다. 위 시를 읽는 독자 역시도 제목을 변경하거나 '케이블카'라는 제목은 그대로 두고 내용물 자체를 변경할 수도 있다. 이제 당신은 보다 리얼하고 참혹한 사건의 현장으로 들어가 볼 일이다. 얼굴 없는 시신들이 부패되고 있는, 작은 방을 읽어내기 위해서는, 도구를 사용해도 좋다. 데리다든 레비나스든 들뢰즈든 지젝이든 어떤 도구가 동원되어도 상관없다.

　그다음 세입자는 안면 압사 사건에 대해 이미 알고 있었다. 보증금은 없었다. 방들은 충분히 어둡고 냉기가 넉넉하게 돌았다. 세입자는 노트북 크기만 한 거울을 세워두었다. 문과 마주 보는 방향이었다. 깨진 유리병 조각들을 주워 늘어놓았다.

벽과 바닥이 닿는 귀퉁이였다. 무료나눔 받은 전신 거울이거나 길가에 내놓은 팔각형 화장 거울을 들여놓기도 하였다. 차츰 벽과 창을 가득 메우고 천정에 샹들리에처럼 늘어뜨려 놓기도 하였다. 그와 이웃이 마주치기도 하였다. 사람들은 그때마다 낯설고 외로워져서 목덜미를 으슬거리곤 하였다. 건물주가 첫 발견자였다. 바닥에 떨어진 기호 하나를 주웠을 때 반사된 그것은 무수히 많은 문장들을 발성하고 있었다. 거울 속의 기호들은 소리를 복사하여 스스로 음향을 만들었다. 한없이 어깨를 부풀게 하다가 가차 없이 듣는 이의 무릎을 꺾어 주저앉게 하기도 하였다. 주소가 잘못 적힌 봉투를 찢어대는 소리가 들렸다. 헐거워진 돌쩌귀가 삐걱대는 소리와 염소가 뿔을 비벼대는 소리도 들렸다. 오래 들고 다녀서 땀에 눅눅해진 전단지가 바닥에 미끄러지고 있었다. 빠르고 불규칙하게 찍히는 개찰구의 교통카드 스치는 소리가 겹쳤다. 더 이상 듣는 이가 해석할 수 없는 영역의 소리와 굳이 알고 싶지 않은 소리들이 유리와 거울과 기호와 발견자 사이에서 되풀이되어 반사되었다. 그는 거울들 속에서 자신을 찾을 수 없었다. 밥숟가락을 입속에서 빼낼 때 이빨 부딪는 소리가 났다. 그는 자신의 얼굴을 쥐어뜯는 소리를 반사시켰다. 사물과 기호의 소리들로 가득 찬 방안에 오직 자신의 얼굴로 자신의 얼굴을 눌러 죽이며 자신의 몸에서 빠져나가는 숫자들을 보았다.

—「질식에 대한 기록들」 부분

당신은 이제 실종 사건이면서 사망 사건이기도 한 현장에 있다. 어쩌면 단순 실종, 혹은 단순 고독사가 아닌, 살인 사건의 현장일 수도 있다. 하나의 방, 밀실이 있고 그곳에는 얼굴 없는 시신이 놓여 있다. 정확히 말하자면 얼굴이 실종된 사체라 할 수 있겠다. 일단 텍스트의 제목이 「질식에 대한 기록들」인 것으로 보아, 사인死因은 질식窒息으로 추정된다. 「질식에 대한 기록들」은 '연쇄 질식 사건'의 현장을 검증 및 기록하는 형식을 띠고 있지만, 이것만으로 독자인 당신은 사건을 타살인지 자살인지 단정 지을 수는 없다. 범인은 누구인가? 질식의 원인은 무엇인가? 동기는 무엇인가? 이 게임에서는 당신이 지목하는 그 무엇이 범행 도구가 되고, 당신이 유추하는 그 누군가가 바로 범인이 된다. 즉 당신은 이 사건의 내막을 완성하는 열쇠를 쥔 사람이다. 죽은 사람은 어쩌면 당신의 가족 혹은 지인일 수도 있고 이웃이거나 당신 자신일 수 있다. 텍스트에서 초동수사와 최초의 프로파일링은 "건물주"도 "경찰"도 아닌 시적 주체 즉 서술자의 관점에서 주도적으로 진술되고 있다. 이 텍스트는 사건 현장에 대한 보고서인 동시에 진술문의 형식을 지닌다. 뭉개진 얼굴, 구멍 난 얼굴, 파편화된 기호들, 얼굴 없는 시신은 내용을 정확히 알 수 없는 구멍 뚫린 책으로 묘사된다. "얼굴"이라는 "책", 내용이 손상되고 훼손되어 망가진 책, 제목과 내용조차 알 수 없는 책, 더 이상 책이라고 분류할 수조차 없는 책, 쏟아지고 흩어진 기호들, 깨진 조각들, 언어의 파편들만이 구멍들 사이로, 먼지처럼 바닥에 이리저리 뒹굴고 있다. 진술 주체는 "바닥에 떨어진 기호 하나"가 "무수히 많은 문장들을 발성하고 있었다"고 전언한다. 그러나 모호

한 "이 무수히 많은 문장들"은 다시 시인의 언어가 되어 텍스트를 통해 재전유 되고 있을 뿐, 자세한 내막은 알 수 없다.

잘 알다시피 들뢰즈는 『천 개의 고원』에서 "언어는 항상 얼굴성의 특질들을 동반한다. 또 얼굴은 잉여들의 집합을 결정화하며, 기표 작용적 기호들을 방출하고 수신하고, 풀어주고 재포획한다"[1]고 하였다. "얼굴은 그 자체로 하나의 전체 몸체"이며, "얼굴은 모든 탈영토화된 기호들이 달라붙는 의미생성의 중심 몸체로서, 그 기호들의 탈영토화된 한계를 표시해 준다"라고 얼굴성에 관해 설명하고 있다. 들뢰즈에 따르면 "목소리는 바로 얼굴에서 나[2]오는 것이며, "기표는 얼굴 위에서 재영토화[3]된다고 볼 수 있다. "기표에 실체를 부여하는 것은 얼굴[4]인데, 위의 텍스트에 나오는 죽은 "세입자"들은 모두 "얼굴"들이 훼손되어 있다. 위의 시에 드러난 죽음을 상징하는 기표들은 재영토화, 실체화, 얼굴화 되지 못하고 유령의 그것처럼 형체를 알 수 없게 짓이겨져 있음을 알 수 있다. 얼굴과 이름을 갖지 못한 신원 미상의 죽음은 사람의 것이라고 할 수 없으며, 정당한 애도를 받지 못한다. 얼굴이라는 몸체를 갖지 못하고, 부유하는 기표들은 단지 거울에 반사되어 "소리"들을 만들어 내지만, 그것들은 "해석할 수 없는 영역의 소리와 굳이 알고 싶지 않은 소리들"로 "유리와 거울과 기호와

---

1) 질 들뢰즈 · 펠릭스 가타리, 『천 개의 고원』, 김재인 역, 새물결, 2001, 223쪽.
2) 앞의 책, 223쪽.
3) 앞의 책, 224쪽.
4) 앞의 책, 224쪽.

발견자 사이에서 되풀이되어 반사되"는 데에만 그칠 뿐이다. 시적 주체는 단지 죽음 이후 사체가 발견된 정황만을 묘사하고 있다. "사물과 기호의 소리들로 가득 찬 방안에 오직 자신의 얼굴로 자신의 얼굴을 눌러 죽이며 자신의 몸에서 빠져나가는 숫자들을 보았다"고 진술하는 부분 또한 어디까지나 상상적 진술에 불과하다. "자신의 얼굴로 자신의 얼굴을 눌러 죽이"는 자의 자기혐오와 자기파괴는 그러나 "안면 압사 사건"을 재구성하는 추체험적 진술일 뿐, 정확한 사인과 원인은 독자인 당신이 찾아내야 한다. 다시 들뢰즈에 의하면, 얼굴을 잃어버린 자들이야말로, 이제 "동물-되기, 분자 되기에 진입하는 자"[5]라 할 수 있으며 특히 이들에 의한 "희생양의 동물 되기"는 제식과 제의를 떠맡는데, "희생양이 하는 일은 기표작용적 체제가 도저히 용납할 수 없는 도주선을 만드는 일, 다시 말해 그 체제가 분쇄해야만 하거나 부정적인 방식으로만 규정할 수 있는 절대적 탈영토화를 구현하는 일"[6]이라고 한다. 김이녘의 시편들 전반에서 가장 반복되는 동물 이미지는 염소이다. 위의 텍스트에서도 사체에서 사라진 얼굴, "형체가 녹아가는" 얼굴의 파편들이 거울에 반사되어 만들어 낸 "소리들" 역시 "염소가 뿔을 비벼대는 소리"로 묘사되고 있다. 다음의 시편들에서도 '염소' 이미지는 반복해서 등장한다. 제의적인 의미 외에도 염소는 초식동물로 그 자체로 글을 읽고 글을 쓰는 자의 자의식을 상징하는 대리표상물로도 볼 수 있다.

---

5) 앞의 책, 225쪽.
6) 앞의 책, 225쪽.

찾지 못하도록 하는 일은 쉬운 일인가 봅니다.

창자가 덜렁거리는 젖은 꽃들은 - 한쪽 눈이 쪼인 오늘 나와 뿔 없는 염소와 불탄 새들을 위해 - 달리는 길섶 어디쯤에 휘둘러두고 옵니다.

충전소를 찾지 못하여 전류가 새어 흐르는 외출들은 적어두지 않기로 합니다.

—「나는 오늘도 씁니까」 부분

달을 부어 밥을 짓는다. 수저는 여전히 찾기 어려웠다. 죽은 자의 옷 보따리를 이었다. 다시 고개가 묵직해지며 등뼈에 힘이 꽂혔다. 달을 주워가던 사람이 되어 눈을 아래로 내렸다. 발끝에서 어린 염소들이 재주넘기를 하였다.

—「이다」 부분

두 무릎 사이에서 염소가 대롱거린다. 중심을 잡기 위해 먼지 낀 벽에 손을 짚었다. 손톱이 찢어지고 벽에 마른 핏자국이 그어졌다. 사람 1, 2, 3과 닮은 사람들이 버스에서 내렸다. 57번 버스는 터미널 홀 안을 돌아 안전문을 통과하였다. 빈 벽을 서성이다가 초식동물처럼 질겅이던 껌을 뱉어내었다. 그 모양은 모르는 문장부호였다. 골반에서 돌아간 치마허리를 바로잡고 염소를 다시 안아 들었다. …(중략)… 숙인 배에 눌린 염소가 거칠게 울며 발버둥 쳤다. 발굽이 뜯기고 떨어지고 단단해졌다. 나는 어린 염소와 함께 그대로 공중제비를 돌았다.

―「환승센터」 부분

　나의 염소가 입으로 구멍들을 꿰매며 뒤를 따르는 것이지

…(중략)…

　나의 염소가 입질을 하였지, 하늘에선 미세먼지가 엉긴 낡은 눈이 내리고 있어

…(중략)…

　하이힐을 신은 오소리처럼 염소는 마른 종이를 헤집느라 빈 뒤축을 또각거리지.

―「2월」 부분

　이마를 만져 봐. 너의 뿔 없던 시간이 뜨겁구나. 염소의 목덜미에서는 시리게 굳은 아이스크림 오렌지 향이 나.

―「여름」 부분

　탁자를 가져가고 싶어요. 염소를 치던 아이는 뱃가죽이 비어 있었다. …(중략)… 아이가 소처럼 운다. 염소가 끌고 달리는 탁자 위에는 남은 국수 국물이 찔걱였다. 오독이 잦은 탁자의 가계보는 낙서로 가득하다. 깊게 팬 연필 자국들이 난해하다. 국수는 아직 다 못 마셨어요, 거칠게 두드리는 젓가락 여러 짝이 튕겨 나간다. 밟혀 으깨진 연필에도 흰 꽃이 드문 드문 피었다.

―「멀바우」 부분

짐승은 조작할 수 있어, 염소들이 튀어나오지

춤을 추고 있어 손톱은 찰랑거려

염소들이 달아나

빚어진 짐승들이야,

—「헛바닥을 뱉어 봐」 부분

정수리를 긁어주세요.

가볍게 손바닥으로 쓰다듬으면서

손끝으로 살짝 두피를 비벼 주세요.

뿔이 자라느라 가렵거든요.

—「염소는 사과를 먹지 않아요」 부분

위의 시편들에서 알 수 있듯, 김이녘의 시집에는 '염소'와 '아이' 모티프가 자주 등장한다. 특히 "뿔이 없는 염소", "염소"의 "자라나는" "뿔"은 작가로서의 자의식을 보여준다. 초식동물은 염소는 풀을 먹고 "뿔"을 자라게 하는 존재이다, 쓰면서 존재를 이어가는, "뿔"은 쓰는 자의 생장점인 동시에 글을 쓰는 도구이자 무기 또는 팔루스phallus를 상징하는 것으로도 볼 수 있다. 한편 "두 무릎 사이"와 "치마 허리"의 안쪽, "골반" 언저리에서 자라나는 "염소"는 여성의 글쓰기를 의미하기도 한다. 숫염소에게서 "뿔"이 쓰는 사람의 "연필"을 암시한다면, 암염소에서의 '흰 젖'은 여성 작가의 잉크를 의미하는 것으로 읽어내도 무방하다. 어차피 김이녘의 『더께』는 '오독'을 위한 텍스트이다. 반복되는 이미지들에 대한 해석은 독자인 당신이 완성하면 된다. 이번 시집에서는 순수한 '오독'을 위한, 「오독」을 제목으로 한 텍스트가 네 편이나 연속해서 이어진다.

친숙함이 모두를 천박하게 해요. …(중략)… 부화하는 머리통. 짧은 문장은 읽지 못해요. 안긴 문장을 뱉고 싶어요. 할 줄 아는 건 계속 이어지는 중얼거림. 다른 한쪽 겨드랑이에서는 품던 알이 굴러떨어졌어요. 구토하세요. 맘껏 식도를 열어두세요. 우리 너무 오래 만났나 봐요. 당신의 패턴을 벗어야 해요. 아, 나는 생일이 없어요. 부모가 없는데 그런 날이 있을 리가요. …(중략)… 짧은 문장들은 복사하기 쉬워요. 구토하세요. 머리통에서 미열이 흘러요.

—「오독」 부분

구토를 하였다. 꽃에 물을 주던 참이었다. 냉동감자를 전자레인지에 넣어두었다. 타이머는 회전문처럼 매끈하게 돌았다. 등을 기대고 있던 빈 벽이 옆으로 스러진다 등쪽에서 손잡이가 딸깍 딸깍. …(중략)… 꽃에 물을 주러 지붕 위로 올라간다. 문을 지나면 여닫힌 흔적 없는 텅 빈 벽. 그곳에 머리통을 기댄 마른 염소, 소금물을 뿜는 물꼭지를 허공으로 세운다. 너는 뿔이 있어 용감하지 않을 틈이 없구나.

—「오독」 부분

아이들이 온종일 집에 있어요. 어쩌다 보니 중독시킬 수밖에 없었어요. 그러는 동안에는 밖에 안 나가도 되거든요. 닮아서 버린 샌딩 페이퍼 위에 그림을 그리며 노는 일은 더 이상 창의적이지 않거든요. 배움 공책 비어 있는 날짜들은 다 함께 뒷산으로 구경가거든요,

— 「오독」 부분

토하는 것들을 쓸어 담기 위해 ctrl+z. 식도로 내려가지 못하고. 다시 몰려나오고, 다시 한 움큼 집어넣어. 들락이는 동안 알에서 싹이 돋아났다. 그 비린 식물의 줄기와 잎자루 사이에서는 꽃이랄 것도 없이 쉼표들이 쏟아진다.

— 「오독」 부분

「오독」에서 시적 주체는 "친숙함이 모두를 천박하게"한다고 마치 경고와 주의를 주는 형식으로 발화한다. '오독'에 한계는 없고, 상상과 해석은 독자들에게 마음껏 허용되지만, 읽기의 행위에서도 친숙함과 매너리즘은 경계해야 할 지점임을 역설한다. 그러기 위해서는 익숙한 것들, 친숙하고 당연한 것들을 끊임없이 되새기고 검열하고 걸러내고 "구토"해내야 한다. 당신은 "당신의 패턴을 벗어야" 하고 매 순간 새로 태어나야 하므로 "생일" 같은 반복을 전제로 하는 기념일이 존재해서는 안된다. 제목이 동일한 네 편의 「오독」에서 반복되는 "구토"와 "중독" 그리고 '소화' 과정의 이미지와 상징은 읽기의 행위뿐만 아니라, 쓰기의 행위에도 적용되는 중요한 의미 자질들로 볼 수 있다. "꽃"피우기로 상징되는 창작자의 노력에도 "구토"는 필요하다. "천박"함으로 대변되는 "친숙한" 것들을 밀어내

고 "창의적"인 발상들을 이끌어내야 살아남을 수 있다는 시인의 강박과 반성적 사고는 식이와 관련된 억압의 증상을 통해 묘사되고 있다. 창작자로서 창의성에 대한 강박과 시 쓰기에 대한 자의식을 직접적으로 드러내는 부분들은 다른 시편들에서도 간혹 튀어나오곤 하는데, 이러한 지점들까지도 완벽하게 감출 수 있거나 억압과 강박에서 자유로워질 때, 시인은 한 단계 더 도약할 수 있으리라는 기대와 오독에 대한 오독에의 아쉬운 지점을 또한 언급하면서 이제 이 오독에 대한 기록을 마무리할까 한다.

알다시피 '이녘'은 당신을 지칭하는 전라도와 경상도 지방의 방언이다. 독자인 당신이 곧 '이녘'이고 이 시집을 완성하는 주체이다. 『더께』는 '이녘'의 시집, 즉 당신의 시집이다. 시집은 당신이 읽어낸 오독의 결과물로써 비로소 완성된다. 당신은 『더께』에 '더께'를 덮어주거나 비밀을 벗겨내는 단 한 사람의 저자, 단 한 명의 '이녘'이다. 『더께』의 판본은 이 시집을 읽는 '당신'의 수만큼 존재한다. 당신이 지금 그곳에서 펼친 '이녘'의 시집 『더께』는 잠재성의 텍스트이다. 마치 들뢰즈가 언급한 '알'[7])로 존재하는, 빛도 어둠도 아닌 그 무엇의 시작과

---

7) 들뢰즈에 의하면 기관 없는 몸체(CsO)는 알이다. "알은 유기체 "이전"에 있지 않고, 유기체에 인접해 있으며, 끊임없이 자신을 만들어 낸다. CsO가 만약 유년기에 연결되어 있다면, 그것은 어른이 아이로 퇴행하고 아이가 〈어머니〉로 퇴행한다는 의미에서가 아니라 반대로 아이는 마치 모태의 일부를 안고 있는 도곤 족의 쌍생아처럼 〈어머니〉라는 유기적 형태로부터 강렬하고 탈지층화된 하나의 물질을 떼어낸다는 의미에서이다. 그러나 이 물질은 오히려 과거와의 끊임없는 단절, 현재적인 체험이나 실험을 구성한다. CsO는 유년기의 블록이고, 생성

끝을 동시에 지닌 잠재적인 책. 무엇이 깨어날지 그 순수한 강렬도를 도무지 알 수 없는 미지의 세계로 당신을 초대한다. 『더께』를 읽고 있는 당신과 나 역시, 시집 『더께』에 오독의 '더께' 하나를 덧씌우는 한 사람의 '이녘'이다. 오독이 낳은 오해와 오인의 의미들로 '더께'에 '더께'를 하나 더 이어 하나의 독특하고 창조적인 오독의 다양성을 열어 펼치는 일, 종국엔 독자인 당신이 범인이 되고 목격자가 되고 실종자가 되기도 하는 일. 숨은그림찾기와 출구 없는 미로 게임, N개의 퍼즐 맞추기 혹은 '검은 섬' 탈출 게임이 새로운 참여자를 기다린다. 들뢰즈를 참조한 이 맥락을 또한 누군가는 오독이라고 읽어내도 틀린 말은 아닌, 이 글 또한 정답 없음의 미완성-비정형-잠재-텍스트이다. 『더께』의 두께와 가치, 의미들은 오롯이 독자인 당신이 이제부터 오독으로 완성해나갈 일이다. '검은 섬'이 열렸다. '더께' 위로 첫발을 내딛는 당신, 거기서부터 오독은 이미 시작되었다. 오독이 끝나면 새로운 메뉴가 문구로 뜬다. 덮어쓰기를 하시겠습니까?▨

이며, 유년기의 추억과는 정반대되는 것이다. …(중략)… 그것은 항상 언제까지나 창조적이고 동시간적인 역행이다." (앞의 책, 314~315쪽 참조.)

| 김이녕 |

2020년 『시사사』로 등단하였다.
2023년 시집 『더께』를 펴냈다.

이메일 : choieny@naver.com

현대시 기획선 095
더께

초판 인쇄 · 2023년 11월 30일
초판 발행 · 2023년 12월 5일
지은이 · 김이녕
펴낸이 · 이선희
펴낸곳 · 한국문연
서울 서대문구 증가로29길 12-27, 101호
출판등록 1988년 3월 3일 제3-188호
대표전화 302-2717 | 팩스 · 6442-6053
디지털 현대시 www.koreapoem.co.kr
이메일 koreapoem@hanmail.net

ⓒ 김이녕 2023
ISBN 978-89-6104-347-2 03810

값 12,000원

* 이 책은 경기도, 「경기문화재단」의 지원을 받아 발간되었습니다.